Georges Simenon (1903-1989) e... ... ...
le plus traduit dans le monde. Né a Liège, ...
le journalisme et, sous divers pseudonymes, fait ses armes en
publiant un nombre incroyable de romans « populaires ». Dès 1931,
il crée sous son nom le personnage du commissaire Maigret, devenu
mondialement connu, et toujours au premier rang de la mythologie
du roman policier. Simenon rencontre immédiatement le succès,
et le cinéma s'intéresse dès le début à son œuvre. Ses romans ont
été adaptés à travers le monde en plus de 70 films pour le cinéma,
et plus de 350 films de télévision. Il écrivit sous son propre nom
192 romans, dont 75 Maigret et 117 romans qu'il appelait ses
« romans durs », 158 nouvelles, plusieurs œuvres autobiographiques
et de nombreux articles et reportages. Insatiable voyageur, il fut élu
membre de l'Académie royale de Belgique.

GEORGES SIMENON

Maigret et le corps sans tête

PRESSES DE LA CITÉ

Maigret et le corps sans tête © 1955 Georges Simenon Ltd.
All rights reserved.

GEORGES SIMENON ® **Simenon.tm** . All rights reserved.

MAIGRET ® Georges Simenon Ltd. All rights reserved
ISBN : 978-2-253-14238-6 – 1re publication LGF

1

La trouvaille des frères Naud

Le ciel commençait seulement à pâlir quand Jules, l'aîné des deux frères Naud, apparut sur le pont de la péniche, sa tête d'abord, puis ses épaules, puis son grand corps dégingandé. Frottant ses cheveux couleur de lin qui n'étaient pas encore peignés, il regarda l'écluse, le quai de Jemmapes à gauche, le quai de Valmy à droite, et il s'écoula quelques minutes, le temps de rouler une cigarette et de la fumer dans la fraîcheur du petit matin, avant qu'une lampe s'allumât dans le petit bar du coin de la rue des Récollets.

A cause du mauvais jour, la façade était d'un jaune plus cru que d'habitude. Popaul, le patron, sans col, pas peigné lui non plus, passa sur le trottoir pour retirer les volets.

Naud franchit la passerelle et traversa le quai en roulant sa seconde cigarette. Quand son frère Robert, presque aussi grand et efflanqué que lui, émergea à son tour d'une écoutille, il put voir, dans le bar éclairé, Jules accoudé au comptoir et le patron qui versait un trait d'alcool dans son café.

On aurait dit que Robert attendait son tour.

Il roulait une cigarette avec les mêmes gestes que son frère. Quand l'aîné sortit du bar, le plus jeune descendit de la péniche, de sorte qu'ils se croisèrent au milieu de la rue.

— Je mets le moteur en marche, annonça Jules.

Il y avait des jours où ils n'échangeaient pas plus de dix phrases dans le genre de celle-là. Leur bateau s'appelait « Les Deux Frères ». Ils avaient épousé des sœurs jumelles et les deux familles vivaient à bord.

Robert prit la place de son aîné au bar de Popaul, qui sentait le café arrosé.

— Belle journée, annonçait Popaul, court et gras.

Naud se contenta de regarder par la fenêtre le ciel qui se teintait de rose. Les pots de cheminées au-dessus des toits étaient la première chose, dans le paysage, à prendre vie et couleur tandis que sur les ardoises ou les tuiles, comme sur certaines pierres de la chaussée, le froid des dernières heures de la nuit avait mis une délicate couche de givre qui commençait à s'effacer.

On entendit le toussotement du diesel. L'arrière de la péniche cracha, par saccades, une fumée noire. Naud posa de la monnaie sur le zinc, toucha sa casquette du bout des doigts et traversa de nouveau le quai. L'éclusier, en uniforme, avait fait son apparition sur le sas et préparait l'éclusée. On entendait des pas, très loin, quai de Valmy, mais on ne voyait encore personne. Des voix d'enfants parvenaient de l'intérieur du bateau où les femmes préparaient le café.

Jules réapparut sur le pont, alla se pencher sur l'arrière, les sourcils froncés, et son frère devinait ce qui n'allait pas. Ils avaient chargé de la pierre de taille à Beauval, à la borne 48 du Canal de l'Ourcq. Comme presque toujours, on en avait embarqué quelques tonnes de trop et, la veille déjà, en sortant du bassin de La Villette pour entrer dans le Canal Saint-Martin, ils avaient remué la vase du fond.

En mars, d'habitude, on ne manque pas d'eau. Cette année-ci, il n'avait pas plu de deux mois et on ménageait l'eau du canal.

Les portes de l'écluse s'ouvrirent. Jules s'installa à la roue du gouvernail. Son frère descendit à terre pour retirer les amarres. L'hélice commença à tourner et, comme tous les deux le craignaient, ce fut une boue épaisse qu'elle remua et qu'on vit monter à la surface en faisant de grosses bulles.

Appuyé de tout son poids sur la perche, Robert s'efforçait d'écarter l'avant du bateau de la rive. L'hélice avait l'air de tourner à vide. L'éclusier, habitué, attendait patiemment en battant des mains pour se réchauffer.

Il y eut un choc, puis un bruit inquiétant d'engrenage et Robert Naud se tourna vers son frère qui cala le moteur.

Ils ne savaient ni l'un ni l'autre ce qui arrivait. L'hélice n'avait pas touché le fond, car elle était protégée par une partie du gouvernail. Quelque chose avait dû s'y engager, peut-être une vieille amarre comme il en traîne au fond des canaux et, si c'était cela, ils auraient du mal à s'en défaire.

Robert, muni de sa perche, se dirigea vers l'arrière, se pencha, essaya, dans l'eau sans transparence, d'atteindre l'hélice, tandis que Jules allait chercher une gaffe plus petite et que

Laurence, sa femme, passait la tête par l'écoutille.

— Qu'est-ce que c'est ?

— Sais pas.

Ils se mirent, en silence, à manœuvrer les deux perches autour de l'hélice calée et, après quelques minutes, l'éclusier, Dambois, que tout le monde appelait Charles, vint se camper sur le quai pour les regarder faire. Il ne posa pas de questions, se contenta, en silence, de tirer sur sa pipe au tuyau réparé avec du fil.

On voyait quelques passants, tous pressés, descendre vers la République et des infirmières en uniforme se dirigeant vers l'hôpital Saint-Louis.

— Tu l'as ?

— Je crois.

— Un câble ?

— Je n'en sais rien.

Jules Naud avait accroché quelque chose avec sa gaffe et, au bout d'un certain temps, l'objet céda, de nouvelles bulles d'air montèrent à la surface.

Lentement, il retirait la perche et, quand le crochet arriva près de la surface, on vit apparaître un étrange paquet ficelé dont le papier journal avait crevé.

C'était un bras humain, entier, de l'épaule à la main, qui, dans l'eau, avait pris une couleur blême et une consistance de poisson mort.

Depoil, le brigadier du 3ᵉ Quartier, tout au bout du quai de Jemmapes, achevait son service de nuit quand la longue silhouette de l'aîné des Naud parut dans l'encadrement de la porte.

— Je suis au-dessus de l'écluse des Récollets avec le bateau « Les Deux Frères ». L'hélice a calé quand on a mis en route et nous avons dégagé un bras d'homme.

Depoil, qui appartenait depuis quinze ans au Xe Arrondissement, eut la réaction que tous les policiers mis au courant de l'affaire allaient avoir.

— D'homme ? répéta-t-il, incrédule.

— D'homme, oui. La main est couverte de poils bruns et...

Périodiquement, on retirait un cadavre du Canal Saint-Martin, presque toujours à cause d'un mouvement d'une hélice de bateau. Le plus souvent, le cadavre était entier, et alors il arrivait que ce fût un homme, un vieux clochard, par exemple, qui, ayant bu un coup de trop, avait glissé dans le canal, ou un mauvais garçon qui s'était fait refroidir d'un coup de couteau par une bande rivale.

Les corps coupés en morceaux n'étaient pas rares, deux ou trois par an en moyenne, mais invariablement, aussi loin que la mémoire du brigadier Depoil pouvait remonter, il s'agissait de femmes. On savait tout de suite où chercher. Neuf fois sur dix, sinon davantage, c'était une prostituée de bas étage, une de celles qu'on voit rôder la nuit autour des terrains vagues.

« Crime de sadique », concluait le rapport.

La police connaissait la faune du quartier, possédait des listes à jour des mauvais sujets et individus douteux. Quelques jours suffisaient généralement à l'arrestation de l'auteur d'un délit quelconque, qu'il s'agît d'un vol à l'étalage ou d'une attaque à main armée. Or, il était rare qu'on mette la main sur un de ces meurtriers-là.

— Vous l'avez apporté ? questionnait Depoil.

— Le bras ?

— Où l'avez-vous laissé ?

— Sur le quai. Est-ce que nous pouvons repartir ? Il faut que nous descendions au quai de l'Arsenal, où on nous attend pour décharger.

Le brigadier alluma une cigarette, commença par signaler l'incident au central de Police-Secours, puis demanda le numéro privé du commissaire du quartier, M. Magrin.

— Je vous demande pardon de vous éveiller. Des mariniers viennent de retirer un bras humain du canal... Non ! Un bras d'homme... C'est la réflexion que je me suis faite aussi... Comment ?... Il est ici, oui... Je lui pose la question...

Il se tourna vers Naud, sans lâcher le récepteur.

— Il a l'air d'avoir séjourné longtemps dans l'eau ?

Naud, l'aîné, se gratta la tête.

— Cela dépend de ce que vous appelez longtemps.

— Est-il très décomposé ?

— On ne peut pas dire. A mon avis, il peut y avoir dans les deux ou trois jours...

Le brigadier répéta dans l'appareil :

— Deux ou trois jours...

Puis il écouta, en jouant avec son crayon, les instructions que le commissaire lui donnait.

— Nous pouvons écluser ? répéta Naud quand il raccrocha.

— Pas encore. Comme le commissaire le dit très bien, il est possible que d'autres morceaux soient accrochés à la péniche et qu'en mettant celle-ci en route on risque de les perdre.

— Je ne peux pourtant pas rester là éternellement ! Il y a déjà quatre bateaux avalants qui s'impatientent derrière nous.

Le brigadier, qui avait demandé un autre numéro, attendait qu'on lui réponde.

— Allô ! Victor ? Je t'éveille ? Tu étais déjà à déjeuner ? Tant mieux. J'ai du boulot pour toi.

Victor Cadet n'habitait pas très loin de là, rue du Chemin-Vert, et un mois passait rarement sans qu'on fît appel à ses services au Canal Saint-Martin. C'était sans doute l'homme qui avait retiré le plus d'objets hétéroclites, y compris des corps humains, de la Seine et des canaux de Paris.

— Le temps que je prévienne mon assistant.

Il était sept heures du matin, boulevard Richard-Lenoir, Mme Maigret, déjà fraîche et habillée, sentant le savon, était occupée, dans sa cuisine, à préparer le petit déjeuner, tandis que son mari dormait encore. Quai des Orfèvres, Lucas et Janvier avaient pris la garde à six heures et c'est Lucas qui reçut la nouvelle de la découverte qu'on venait de faire dans le canal.

— Curieux ! grommela-t-il à l'adresse de Janvier. On a retiré un bras du Canal Saint-Martin et ce n'est pas un bras de femme.

— D'homme ?

— De quoi serait-il ?

— Cela aurait pu être un bras d'enfant.

C'était arrivé aussi, une seule fois, trois ans auparavant.

— Vous prévenez le patron ?

Lucas regarda l'heure, hésita, hocha la tête.

— Cela ne presse pas. Laissons-lui le temps de prendre son café.

A huit heures moins dix, un attroupement assez important s'était formé devant la péniche « Les Deux Frères » et un sergent de ville tenait les curieux à distance d'un objet posé sur les dalles et qu'on avait recouvert d'un morceau de bâche. Il fallut écluser la barque de Victor Cadet, qui se trouvait en aval, et qui vint se ranger le long du quai.

Cadet était un colosse et on avait l'impression qu'il avait dû faire faire son costume de scaphandrier sur mesure. Son aide, au contraire, était un petit vieux qui chiquait tout en travaillant et envoyait dans l'eau de longs jets de salive brune.

Ce fut lui qui assujettit l'échelle, amorça la pompe et enfin vissa l'énorme sphère de cuivre au cou de Victor.

Deux femmes et cinq enfants, tous avec des cheveux d'un blond presque blanc, se tenaient debout à l'arrière des « Deux Frères » ; l'une des femmes était enceinte, l'autre tenait un bébé sur le bras.

Le soleil frappait en plein les immeubles du quai de Valmy et c'était un soleil si clair, si gai, qu'on pouvait se demander pourquoi ce quai-là avait une réputation sinistre. La peinture des façades, certes, n'était pas fraîche, le blanc ou le jaune étaient délavés mais, par ce matin de mars, l'aspect en était aussi léger qu'un tableau d'Utrillo.

Quatre péniches attendaient, derrière « Les Deux Frères », avec du linge qui séchait sur des cordes, des enfants qu'on s'efforçait de tenir tranquilles et l'odeur du goudron dominait l'odeur moins agréable du canal.

A huit heures et quart, Maigret, qui finissait sa seconde tasse de café et s'essuyait la bouche avant de fumer sa première pipe, reçut le coup de téléphone de Lucas.

— Tu dis un bras d'homme ?

Lui aussi s'étonnait.

— On n'a rien retrouvé d'autre ?

— Victor, le scaphandrier, est déjà au travail. On est obligé de dégager l'écluse le plus vite possible, sous peine d'embouteillage.

— Qui s'en est occupé jusqu'ici ?

— Judel.

C'était un inspecteur du Xe Arrondissement, un garçon terne mais consciencieux à qui on pouvait se fier pour les premières constatations.

— Vous y passez, patron ?

— Ce n'est pas un grand détour.

— Vous voulez que l'un de nous vous y rejoigne ?

— Qui est au bureau ?

— Janvier, Lemaire... Attendez. Voilà Lapointe qui arrive.

Maigret hésita un moment. Autour de lui aussi, il y avait du soleil, et on avait pu entrouvrir la fenêtre. Peut-être l'affaire était-elle sans importance, sans mystère, et, dans ce cas, Judel continuerait à s'en charger. Au début, on ne peut pas savoir ! Si le bras avait été un bras de femme, Maigret n'aurait pas hésité à parier que le reste serait de la routine.

Parce qu'il s'agissait d'un bras d'homme, tout était possible. Et, si l'affaire s'avérait compliquée, si le commissaire décidait de prendre l'enquête en main, les jours à suivre dépendraient en partie du choix qu'il allait faire car, de préférence, il continuait et finissait une enquête avec l'inspecteur qui l'avait commencée avec lui.

— Envoie Lapointe.

Il y avait un certain temps qu'il n'avait collaboré étroitement avec lui et sa jeunesse l'amusait, son enthousiasme, sa confusion quand il croyait avoir commis une gaffe.

— Je préviens le chef ?

— Oui. J'arriverai sans doute en retard au rapport.

On était le 23 mars. Le printemps avait officiellement commencé l'avant-veille et, ce qu'on ne peut pas dire tous les ans, on le sentait déjà dans l'air, à tel point que Maigret faillit sortir sans pardessus.

Boulevard Richard-Lenoir, il prit un taxi. Il n'y avait pas d'autobus direct et ce n'était pas un temps à s'enfermer dans le métro. Comme il s'y attendait, il arriva à l'écluse des Récollets avant Lapointe, trouva l'inspecteur Judel penché sur l'eau noire du canal.

— On n'a rien trouvé d'autre ?

— Pas encore, patron. Victor est occupé à faire le tour de la péniche pour s'assurer que rien n'y est accroché.

Il s'écoula encore dix minutes et Lapointe avait eu le temps de débarquer d'une petite voiture noire de la P.J. quand des bulles claires annoncèrent que Victor n'allait pas tarder à paraître.

Son aide se précipita pour dévisser la tête de cuivre. Tout de suite, le scaphandrier alluma une cigarette, regarda autour de lui, reconnut

Maigret, lui adressa un bonjour familier de la main.

— Rien d'autre ?

— Pas dans ce secteur-ci.

— La péniche peut continuer son chemin ?

— Je suis certain qu'elle n'accrochera rien, sinon la vase du fond.

Robert Naud, qui avait entendu, lançait à son frère :

— Mets le moteur en marche.

Maigret se tourna vers Judel.

— Vous avez leur déposition ?

— Oui. Ils l'ont signée. D'ailleurs, ils vont passer au moins quatre jours à décharger quai de l'Arsenal.

Ce n'était pas loin en aval, un peu plus de deux kilomètres, entre la Bastille et la Seine.

Cela prit du temps de faire démarrer le bateau dont le ventre trop plein raclait le fond, mais il se trouva enfin dans l'écluse dont on referma les portes.

La plupart des curieux commençaient à s'éloigner. Ceux qui restaient n'avaient rien à faire et seraient probablement là toute la journée.

Victor n'avait pas retiré son costume de caoutchouc.

— S'il y a d'autres morceaux, expliquait-il, ils sont plus haut en amont. Des cuisses, un tronc, une tête, c'est plus lourd qu'un bras et cela a moins de chance d'être entraîné.

On ne voyait aucun courant à la surface du canal et les détritus qui flottaient paraissaient immobiles.

— Il n'y a pas de courant comme dans une rivière, bien entendu. Mais, à chaque éclusée, un mouvement d'eau, presque invisible, ne s'en produit pas moins sur toute la longueur du bief.

— De sorte qu'il faudrait faire des recherches jusqu'à l'autre écluse ?

— C'est l'administration qui paie et vous qui commandez, conclut Victor entre deux bouffées de cigarette.

— Cela prendra longtemps ?

— Cela dépend de l'endroit où je trouverai le reste. Si le reste est dans le canal, évidemment !

Pourquoi aurait-on jeté une partie du corps dans le canal et une autre dans un terrain vague, par exemple ?

— Continuez.

Cadet fit signe à son adjoint d'amarrer le bateau un peu plus haut, s'apprêta à remettre la tête de cuivre.

Maigret prit Judel et Lapointe à part. Ils formaient, sur le quai, un petit groupe que les curieux regardaient avec le respect que l'on voue inconsciemment aux officiels.

— Vous devriez à tout hasard faire fouiller les

terrains vagues et les chantiers d'alentour.

— J'y avais pensé, dit Judel. J'attendais vos instructions pour commencer.

— De combien d'hommes disposez-vous ?

— Ce matin, deux. Après-midi, je pourrai en avoir trois.

— Essayez de savoir si, les jours derniers, il n'y a pas eu de rixes dans les parages, peut-être des cris, des appels au secours.

— Oui, patron.

Maigret laissa le policier en uniforme pour garder le bras humain recouvert d'une bâche qui se trouvait toujours sur les dalles du quai.

— Tu viens, Lapointe ?

Il se dirigeait vers le bar du coin, peint en jaune vif, et poussait la porte vitrée de « Chez Popaul ». Un certain nombre d'ouvriers des environs, en tenue de travail, cassaient la croûte autour du comptoir.

— Qu'est-ce que vous prenez ? s'empressa le patron.

— Vous avez le téléphone ?

Il l'apercevait au même moment. C'était un appareil mural, qui ne se trouvait pas dans une cabine mais tout à côté du comptoir.

— Viens, Lapointe.

Il n'avait pas envie de téléphoner en publie.

— Vous ne désirez rien boire ?

Popaul paraissait offensé et le commissaire lui promit :

— Tout à l'heure.

On voyait le long du quai des bicoques d'un seul étage aussi bien que des immeubles de rapport, des ateliers et de grandes constructions en béton qui contenaient des bureaux.

— Nous trouverons bien un bistrot avec une cabine.

Ils suivaient le trottoir, pouvaient maintenant apercevoir, de l'autre côté du canal, le drapeau décoloré et la lanterne bleue du poste de police, avec, derrière, la masse sombre de l'hôpital Saint-Louis.

Ils parcoururent près de trois cents mètres avant de trouver un bar sombre dont le commissaire poussa la porte. Il fallait descendre deux marches de pierre et le sol était fait de petits carreaux rouge foncé comme dans les immeubles de Marseille.

Il n'y avait personne dans la pièce, rien qu'un gros chat roux, couché près du poêle, qui se leva paresseusement, se dirigea vers une porte entrouverte et disparut.

— Quelqu'un ! appela Maigret.

On entendait le tic-tac précipité d'un coucou. L'air sentait l'alcool et le vin blanc, l'alcool plus que le vin, avec un relent de café.

Il y eut un mouvement dans une pièce de derrière. Une voix de femme dit avec une certaine lassitude :

— Tout de suite !

Le plafond était bas, enfumé, les murs noircis, la pièce plongée dans une demi-obscurité que seuls quelques rayons de soleil traversaient comme les vitraux d'une église. Mal écrits sur un carton appliqué au mur, on lisait les mots :

Casse-croûte à toute heure

Et, sur une autre pancarte :

On peut apporter son manger

A cette heure-ci, cela ne semblait tenter personne et Maigret et Lapointe devaient être les premiers clients de la journée. Une cabine téléphonique se trouvait dans un coin. Maigret attendait, pour s'y rendre, que la patronne paraisse.

Quand on la vit, elle finissait de planter des épingles dans ses cheveux d'un brun sombre, presque noir. Elle était maigre, sans âge, quarante ans ou quarante-cinq peut-être, et elle s'avançait avec un visage maussade, traînant ses pantoufles de feutre sur les carreaux.

— Qu'est-ce que vous voulez ?

Maigret regarda Lapointe.

— Le vin blanc est bon ?

Elle haussa les épaules.

— Deux vins blancs. Vous avez un jeton de téléphone ?

Il alla s'enfermer dans la cabine et appela le bureau du procureur pour faire son rapport verbal. C'est un substitut qu'il eut à l'autre bout du fil et qui marqua le même étonnement que les autres en apprenant que le bras qu'on avait pêché dans le canal était un bras d'homme.

— Un scaphandrier continue les recherches. Il pense que le reste, si reste il y a, se trouve en amont. Je voudrais, personnellement, que le docteur Paul examine le bras le plus tôt possible.

— Je peux vous rappeler où vous êtes ? Je vais essayer de le toucher immédiatement et je vous sonnerai.

Maigret lut le numéro sur l'appareil, le donna au substitut, se dirigea vers le comptoir où deux verres étaient versés.

— A votre santé ! dit-il en se tournant vers la patronne.

Elle ne fit pas mine d'avoir entendu. Elle les regardait sans aucune sympathie, attendant qu'ils s'en aillent pour retourner à ses occupations, vraisemblablement à sa toilette.

Elle avait dû être jolie. En tout cas, comme tout le monde, elle avait été jeune. Maintenant, ses yeux, sa bouche, tout son corps donnaient des signes de lassitude. Peut-être était-elle malade et guettait-elle l'heure de sa crise ? Certaines gens qui savent qu'à telle heure ils vont recommencer à souffrir ont cette expression à la fois sourde et tendue qui ressemble à l'expression des toxicomanes attendant l'heure de leur dose.

— On doit me rappeler au téléphone, murmura Maigret comme pour s'excuser.

C'était un endroit public, certes, comme tous les bars, les cafés, un endroit en quelque sorte anonyme, et pourtant ils avaient l'un comme l'autre l'impression de gêner, de s'être introduits dans un milieu où ils n'avaient que faire.

— Votre vin est bon.

C'était vrai. La plupart des bistrots de Paris annoncent un « petit vin de pays », mais il s'agit le plus souvent d'un vin trafiqué qui vient tout droit de Bercy. Celui-ci, au contraire, avait un parfum de terroir que le commissaire essayait d'identifier.

— Sancerre ? demanda-t-il.

— Non. Il vient d'un petit village des environs de Poitiers.

Voilà pourquoi il avait un arrière-goût de pierre à fusil.

— Vous avez de la famille là-bas ?

Elle ne répondit pas et Maigret l'admira de pouvoir rester immobile, à les regarder en silence, le visage sans expression. Le chat était venu la rejoindre et se frottait à ses jambes nues.

— Votre mari ?

— Il est justement parti en chercher.

Chercher du vin, c'était ce qu'elle avait voulu dire. Il n'était pas aisé d'entretenir la conversation et, au moment où le commissaire faisait signe de remplir les verres, la sonnerie du téléphone vint à son secours.

— C'est moi, oui. Vous avez rejoint Paul ? Il est libre ? Dans une heure ? Bon ! J'y serai.

Son visage se renfrogna alors qu'il écoutait la suite. Le substitut lui annonçait en effet que l'affaire avait été confiée au juge d'instruction

Coméliau, presque l'ennemi intime de Maigret, le magistrat le plus conformiste et le plus râleur du Parquet.

— Il demande expressément que vous le teniez au courant.

— Je sais.

Cela signifiait que Maigret recevrait chaque jour cinq ou six coups de téléphone de Coméliau et que, chaque matin, il faudrait aller lui rendre des comptes dans son bureau.

— Enfin !... soupira-t-il. On fera de son mieux !

— Ce n'est pas ma faute, commissaire. Il était le seul juge disponible et...

Le rayon de soleil avait légèrement obliqué dans le café et atteignait maintenant le verre de Maigret.

— On y va ! murmura-t-il en tirant de l'argent de sa poche. Je vous dois ?

Et, en chemin :

— Tu as pris la voiture ?

— Oui. Elle est restée près de l'écluse.

Le vin avait mis du rose aux joues de Lapointe et ses yeux brillaient un peu. D'où ils étaient, ils apercevaient, au bord du canal, un groupe de curieux qui suivaient les évolutions du scaphandrier. Quand Maigret et l'inspecteur arrivèrent à leur hauteur, l'aide de Victor leur désigna dans le fond de la barque un paquet plus volumineux que le premier.

— Une jambe et un pied, lança-t-il après avoir craché dans l'eau.

L'emballage était moins abîmé que le précédent et Maigret n'éprouva pas le besoin de l'examiner de près.

21

— Tu crois que c'est la peine de faire venir un fourgon ? demanda-t-il à Lapointe.

— Il y a évidemment de la place dans le coffre arrière.

Cela ne leur souriait ni à l'un ni à l'autre, mais ils ne voulaient pas non plus faire attendre le médecin légiste avec qui ils avaient rendez-vous à l'Institut Médico-Légal, un bâtiment moderne et clair, au bord de la Seine, pas loin de l'endroit où le canal rejoint le fleuve.

— Qu'est-ce que je fais ? questionnait Lapointe.

Maigret préféra ne rien dire et, surmontant sa répugnance, l'inspecteur porta les deux colis l'un après l'autre dans le coffre de l'auto.

— Cela sent ? lui demanda le commissaire quand il revint au bord de l'eau.

Et Lapointe, qui tenait les mains écartées du corps, fronça le nez en faisant signe que oui.

Le docteur Paul, en blouse blanche, les mains gantées de caoutchouc, fumait cigarette sur cigarette. Il prétendait volontiers que le tabac est un des plus sûrs antiseptiques et il lui arrivait, au cours d'une autopsie, de fumer ses deux paquets de bleues.

Il travaillait avec entrain et même avec bonne humeur, penché sur la table de marbre, parlait entre deux bouffées de fumée.

— Bien entendu, tout ce que je peux vous dire maintenant n'a rien de définitif. D'abord, j'aimerais voir le reste du corps, qui nous en apprendra plus qu'une jambe et qu'un bras, ensuite il faut, avant de me prononcer, que je me livre à un certain nombre d'analyses.

— Quel âge ?

— Autant que j'en peux juger à première vue, l'homme devait avoir entre cinquante et soixante ans, plus près de cinquante que de soixante. Regardez cette main.

— Qu'est-ce que je dois y voir ?

— C'est une main large et forte qui, à certain moment, a dû se livrer à de gros travaux.

— Une main d'ouvrier.

— Non. Plutôt de paysan. Je parierais pourtant qu'il y a des années et des années que cette main-là n'a pas tenu un outil lourd. L'homme n'était pas très soigné, comme vous pouvez le voir par les ongles, en particulier par ceux des orteils.

— Un clochard ?

— Je ne crois pas. Je vous répète que j'attends le reste, si on le retrouve, pour me prononcer.

— Il est mort depuis longtemps ?

— Ce n'est à nouveau qu'une hypothèse. Ne vous emballez pas là-dessus, car je vous dirai peut-être le contraire ce soir ou demain. Pour le moment, je parierais pour trois jours, pas davantage. Et je serais tenté de dire moins.

— Pas la nuit dernière ?

— Non. Mais la nuit d'avant, peut-être.

Maigret et Lapointe fumaient aussi, évitant autant que possible de poser leur regard sur la table de marbre. Le docteur Paul, lui, paraissait prendre plaisir à son travail et maniait ses outils avec des gestes de prestidigitateur.

Il se disposait à remettre ses vêtements de ville quand on appela Maigret à l'appareil. C'était Judel, là-bas, quai de Valmy.

— On a retrouvé le torse ! annonçait-il avec une certaine excitation.

— Pas la tête ?

— Pas encore. Victor prétend que ce sera plus difficile, à cause du poids qui l'a sans doute enfoncée davantage dans la vase. Il a trouvé aussi un portefeuille vide et un sac à main de femme.

— Près du tronc ?

— Non. Assez loin. Cela ne paraît pas avoir de corrélation. Comme il dit, chaque fois qu'il plonge dans le canal, il pourrait ramener à la surface de quoi monter un stand à la foire aux puces. Un peu avant de trouver le tronc, il a sorti un lit-cage et deux seaux de toilette.

Paul attendait avant de retirer ses gants, tenant ses mains à l'écart.

— Du nouveau ? demanda-t-il.

Maigret fit signe que oui. Puis à Judel :

— Vous avez le moyen de me l'envoyer à l'Institut Médico-Légal ?

— C'est toujours possible...

— J'attends ici. En vitesse, car le docteur Paul...

Ils passèrent le temps sur le seuil, où l'air était plus frais et plus agréable et d'où ils voyaient le va-et-vient incessant sur le pont d'Austerlitz. De l'autre côté de la Seine, des péniches ainsi qu'un petit bateau de mer débarquaient leur chargement devant les Magasins Généraux et il y avait quelque chose de jeune, d'enjoué, ce matin-là, dans le rythme de Paris, une saison commençait, un printemps tout neuf, et les gens étaient optimistes.

— Pas de tatouages ni de cicatrices, je suppose ?

— Pas sur les parties que j'ai examinées, non.

La peau est plutôt d'un homme qui vit à l'intérieur.

— Il semble très velu.

— Oui. Je peux presque vous décrire le type auquel il appartient. Brun, pas très grand, plutôt petit mais râblé, avec des muscles saillants, des poils sombres et drus sur les bras, les mains, les jambes et la poitrine. Les campagnes françaises produisent beaucoup de ces individus-là, solides, volontaires, têtus. Je suis curieux de voir sa tête.

— Quand on la retrouvera !

Un quart d'heure plus tard, deux agents en uniforme leur apportaient le tronc et le docteur Paul se frottait presque les mains en se dirigeant vers la table de marbre comme un ébéniste vers son établi.

— Ceci me confirme que ce n'est pas du travail de professionnel, grommela-t-il. Je veux dire que l'homme n'a pas été dépecé par un boucher, ni par un spécialiste de La Villette. Encore moins par un chirurgien ! Pour les os, on s'est servi d'une scie à métaux ordinaire. Pour le reste, on semble avoir utilisé un grand couteau à découper comme on en trouve dans les restaurants et dans la plupart des cuisines. Cela a dû prendre du temps. On s'y est repris à plusieurs fois.

Il marqua un temps d'arrêt :

— Regardez cette poitrine velue...

Maigret et Lapointe ne lui accordèrent qu'un bref regard.

— Pas de blessure apparente ?

— Je ne vois rien. Ce qui est certain, bien entendu, c'est que l'homme n'est pas mort par immersion.

C'était presque drôle. L'idée qu'un homme, dont on retrouvait les tronçons dans le canal, aurait pu s'y être noyé...

— Tout à l'heure, je m'occuperai des viscères et, en particulier, dans la mesure du possible, du contenu de l'estomac. Vous restez ?

Maigret fit signe que non. Ce n'était pas un spectacle qu'il appréciait particulièrement et il avait hâte d'avaler un verre, non plus de vin, mais d'un alcool bien dur, pour chasser le mauvais goût qu'il avait à la bouche et qui lui semblait être un goût de cadavre.

— Un instant, Maigret... qu'est-ce que je vous disais ?... Vous voyez ce trait plus clair et ces petits points livides sur le ventre ?

Le commissaire dit oui sans regarder.

— Le trait est la cicatrice laissée par une opération qui remonte à plusieurs années. Appendicite.

— Et les petits points ?

— C'est le plus curieux. Je ne jure pas d'avoir raison, mais je suis presque sûr que ce sont les traces laissées par des plombs de chasse ou des chevrotines. Cela confirmerait que l'homme, à un moment donné, a vécu à la campagne, paysan ou garde-chasse, je n'en sais rien. Il a dû, il y a très longtemps, vingt ans, sinon davantage, recevoir une décharge de fusil. Je compte sept.... non, huit cicatrices du même genre, en arc-en-ciel. Je n'ai vu cela qu'une seule fois dans ma vie et ce n'était pas aussi régulier. Il faudra que j'en fasse prendre une photographie pour mes archives.

— Vous me téléphonez ?

— Où serez-vous ? Au Quai ?

26

— Oui. Au bureau et je déjeunerai probablement place Dauphine.

— Je vous appellerai pour vous dire ce que j'aurai découvert.

Maigret fut le premier, dehors, dans le soleil, à s'essuyer le front, et Lapointe ne put s'empêcher de cracher à plusieurs reprises comme s'il avait, lui aussi, un goût âcre dans la bouche.

— Je ferai désinfecter le coffre de l'auto dès que nous serons au Quai, annonça-t-il.

Avant de monter en voiture, ils entrèrent dans un bistrot et burent un verre de marc. L'alcool était si fort que Lapointe eut un haut-le-cœur, tint un moment la main devant sa bouche, les yeux pleins d'anxiété, en se demandant s'il n'allait pas vomir.

Il se rasséréna enfin, balbutia :

— Je vous demande pardon...

Comme ils sortaient, le patron du bar dit à un de ses clients :

— Encore des gens qui sont venus reconnaître un macchabée. Ils ont tous la même réaction.

Installé juste en face de l'Institut Médico-Légal, il avait l'habitude.

2

La cire à bouteilles

Quand Maigret pénétra dans le grand couloir du Quai des Orfèvres, une lueur de gaîté dansa un instant sur ses prunelles car même ce couloir-là, le plus grisâtre, le plus terne de la terre, était aujourd'hui touché par le soleil, tout au moins sous la forme d'une sorte de poussière lumineuse.

Entre les portes des bureaux, des gens attendaient sur les bancs sans dossier et quelques-uns avaient les menottes aux poignets. Il allait se diriger vers le bureau du chef pour le mettre au courant des découvertes du quai de Valmy quand un homme se leva et toucha le bord de son chapeau en guise de salut.

Avec la familiarité de gens qui se voient chaque jour depuis des années, Maigret lui lança :

— Alors, Vicomte, qu'en dites-vous ? Vous qui vous plaigniez que ce soient toujours des filles publiques qu'on coupe en morceaux...

Celui que tout le monde appelait le Vicomte ne rougit pas, encore qu'il eût probablement compris l'allusion. Il était pédéraste, de façon discrète il est vrai. Il « faisait » le Quai des Orfèvres depuis plus de quinze ans pour un journal de Paris, une agence de presse et une vingtaine de quotidiens de province.

Il était le dernier à s'habiller encore comme on s'habillait dans les pièces de boulevard au début du siècle et un monocle pendait à un large ruban noir sur sa poitrine. Peut-être était-ce à cause de ce monocle, dont il ne se servait presque jamais, qu'on lui avait donné son sobriquet ?

— On n'a pas repêché la tête ?

— Pas à ma connaissance.

— Je viens de téléphoner à Judel, qui prétend que non. Si vous avez du nouveau, commissaire, ne m'oubliez pas.

Il alla se rasseoir sur son banc tandis que Maigret se dirigeait vers le bureau du chef. La fenêtre en était ouverte et, d'ici aussi, on voyait des péniches passer sur la Seine. Les deux hommes bavardèrent pendant une dizaine de minutes.

Quand Maigret poussa la porte de son propre bureau, une note l'attendait sur le buvard et il sut tout de suite de qui elle était. Il s'agissait, comme il s'y attendait, d'un message du juge Coméliau le priant de lui téléphoner dès son arrivée.

— Ici le commissaire Maigret, monsieur le juge.

— Bonjour, Maigret. Vous venez du canal ?

— De l'Institut Médico-Légal.

— Le docteur Paul est là-bas ?

— Il travaille en ce moment sur les viscères.

— Je suppose que le corps n'a pas été identifié ?

— On ne peut guère y compter en l'absence de la tête. A moins d'un coup de chance...

— C'est justement de quoi je désirais vous entretenir. Dans une affaire ordinaire, où l'identité de la victime est connue, on sait plus ou moins où l'on va. Vous me suivez ? Dans cette affaire-ci, au contraire, nous n'avons aucune idée de qui, demain, après-demain ou dans une heure, il sera peut-être question. Toutes les surprises, y compris les plus désagréables, sont possibles et nous devons nous montrer d'une extrême prudence.

Coméliau détachait les syllabes et s'écoutait parler. Tout ce qu'il faisait, ce qu'il disait, était d'une « extrême » importance.

La plupart des juges d'instruction ne prennent pratiquement une affaire en main qu'une fois que la police l'a débrouillée. Coméliau, lui, tenait à diriger les opérations dès le début de l'enquête et peut-être cela tenait-il avant tout à sa peur des complications. Son beau-frère était un homme politique en vue, un des quelques parlementaires qu'on retrouve dans presque tous les ministères. Coméliau disait volontiers :

— Vous comprenez qu'à cause de lui ma situation est plus délicate que celle d'un autre magistrat.

Maigret finit par s'en débarrasser avec la promesse de l'appeler chaque fois qu'il aurait le moindre fait nouveau, fût-ce, le soir, à son domicile. Il parcourut son courrier, passa dans le bureau des inspecteurs pour en envoyer quelques-uns sur différentes affaires en cours.

— Nous sommes bien mardi ?

— Oui, patron.

Si le docteur Paul ne se trompait pas dans ses premières estimations et si le corps était resté environ quarante-huit heures dans le Canal Saint-Martin, cela faisait remonter le crime au dimanche, sans doute à la soirée ou à la nuit du dimanche, car il était peu probable qu'on soit allé jeter les colis sinistres, en plein jour, à moins de cinq cents mètres d'un poste de police.

— C'est toi, madame Maigret ? lança-t-il plaisamment à sa femme quand il l'eut au bout du fil. Je ne rentrerai pas déjeuner. Qu'est-ce que tu avais préparé ?

Un haricot de mouton. Il n'eut pas de regrets, car c'était trop lourd pour une journée comme celle-là.

Il appela Judel.

— Rien de neuf ?

— Victor est occupé à casser la croûte sur le bord du bateau. On a maintenant le corps entier, sauf la tête. Il demande s'il doit continuer les recherches.

— Bien entendu.

— Mes hommes sont au travail, mais n'ont encore rien de précis. Une bagarre a éclaté, dimanche soir, dans un bar de la rue des Récollets. Pas « Chez Popaul ». Plus loin, près du faubourg Saint-Martin. Une concierge se plaint que son mari ait disparu, mais il y a plus d'un mois qu'il n'est pas rentré chez lui et son signalement ne correspond pas.

— Je passerai probablement là-bas dans l'après-midi.

Au moment d'aller déjeuner à la Brasserie Dauphine, il poussa la porte des inspecteurs.

— Tu viens, Lapointe ?

Il n'avait aucun besoin du jeune inspecteur

pour s'asseoir à sa table habituelle dans le petit restaurant de la place Dauphine. Cela le frappa, alors qu'ils longeaient le quai en silence ! Un sourire glissa sur ses lèvres au souvenir d'une question qu'on lui avait posée à ce sujet. C'était son ami Pardon, le docteur de la rue Popincourt chez qui il avait pris l'habitude d'aller dîner une fois par mois avec sa femme, qui, un soir, lui avait demandé très sérieusement :

— Pourriez-vous me dire, Maigret, pourquoi les policiers en civil, tout comme les plombiers, vont toujours par deux ?

Cela ne l'avait jamais frappé et il dut admettre que c'était vrai. Lui-même s'occupait rarement d'une enquête sans être accompagné d'un de ses inspecteurs.

Il s'était gratté la tête.

— Je suppose que la première raison date du temps où les rues de Paris n'étaient pas sûres et où il valait mieux être deux qu'un seul pour s'aventurer dans certains quartiers, surtout la nuit.

Cela restait valable dans certains cas, dans celui d'une arrestation, par exemple, ou d'une descente dans des endroits louches. Maigret n'en avait pas moins continué à réfléchir.

— Il existe une seconde raison, valable aussi pour les interrogatoires au Quai des Orfèvres. Si un policier seul recueille un témoignage, il sera toujours possible au suspect qui a parlé à contrecœur de nier ses aveux par la suite. Deux affirmations ont plus de poids qu'une seule devant un jury.

Cela se tenait, mais il n'en était pas encore satisfait.

— Du point de vue pratique, c'est presque

une nécessité. Au cours d'une filature, par exemple, on peut avoir besoin de téléphoner sans quitter des yeux la personne qu'on surveille. Ou encore celle-ci peut pénétrer dans un immeuble à plusieurs issues.

Pardon, qui souriait aussi, avait objecté :

— Lorsqu'on me fournit plusieurs raisons, j'ai tendance à croire qu'aucune n'est suffisante par elle-même.

A quoi Maigret avait répondu :

— Dans ce cas, je vais parler pour moi. Si je me fais presque toujours accompagner par un inspecteur, c'est que, seul, je craindrais de m'ennuyer.

Il ne raconta pas l'histoire à Lapointe, car on ne doit jamais faire montre de scepticisme devant les jeunes et Lapointe avait encore le feu sacré. Le déjeuner fut agréable, paisible, avec d'autres inspecteurs et commissaires qui défilaient au bar, quatre ou cinq qui mangeaient dans la salle.

— Vous croyez que la tête a été jetée dans le canal et qu'on la retrouvera ?

Maigret se surprit à hocher négativement la tête. La vérité, c'est qu'il n'y avait pas encore réfléchi. Sa réponse était instinctive. Il aurait été incapable de dire pourquoi il avait l'impression que le scaphandrier Victor fouillerait en vain la vase du Canal Saint-Martin.

— Qu'aurait-on pu en faire ?

Il n'en savait rien. Peut-être la déposer, dans une valise, à la consigne de la gare de l'Est, toute proche, par exemple, ou à la gare du Nord qui n'est pas beaucoup plus éloignée. Ou encore l'expédier à n'importe quelle adresse de province par un de ces immenses camions des services rapides que le commissaire avait vus stationner dans une des rues qui donnent sur le quai de Valmy. Il avait vu souvent ces camions-là, rouge et vert, traverser la ville en direction des grand-routes, et il n'avait jamais su où ils avaient leur port d'attache. C'était là-bas, près du canal, rue Terrage. A certain moment, le matin, il en avait compté plus de vingt qui stationnaient le long du trottoir portant tous l'inscription : « Transports Zénith — Roulers et Langlois ».

Cela indiquait qu'il ne pensait à rien en particulier. L'affaire l'intéressait sans le passionner. Son intérêt venait surtout de ce qu'il y avait longtemps qu'il n'avait travaillé dans les environs du canal. A certaine époque, lors de ses débuts, chacune des rues du quartier lui était familière, ainsi que bon nombre des silhouettes qui se glissaient, le soir, le long des maisons.

Ils étaient encore à table et prenaient leur café quand on appela Maigret au téléphone. C'était Judel.

— Je ne sais pas si j'ai bien fait de vous déranger, patron. On ne peut pas encore parler d'une piste. Un de mes hommes, Blancpain, que j'ai mis en faction à proximité du scaphandre, a eu l'attention attirée, il y a environ une heure, par un jeune homme en triporteur. Il lui a semblé qu'il l'avait déjà vu le matin, puis une demi-heure plus tard, et ainsi de suite, à plusieurs reprises, pendant la matinée. D'autres curieux ont stationné un certain temps sur le quai, mais celui-là, d'après Blancpain, se tenait à l'écart et paraissait plus intéressé que les autres. D'habitude, un livreur en triporteur a une tournée à faire et n'a pas de temps à perdre.

— Blancpain l'a interpellé ?

— Il a eu l'intention de le faire, s'est dirigé vers lui aussi tranquillement que possible pour ne pas l'effaroucher. Il n'avait parcouru que quelques mètres quand le jeune homme, donnant tous les signes de la peur, a sauté sur sa machine et s'est élancé à fond de train vers la rue des Récollets. Blancpain n'avait pas de voiture, aucun moyen de transport à sa disposition. Il a essayé en vain de rattraper le fuyard tandis que les passants se retournaient sur lui et que le triporteur disparaissait dans le trafic du faubourg Saint-Martin.

Les deux hommes se turent. C'était vague, évidemment. Cela pouvait ne rien signifier comme cela pouvait constituer un point de départ.

— Blancpain a son signalement ?

— Oui. Il s'agit d'un garçon de dix-huit à vingt ans qui a l'air de venir de la campagne, car il a encore le visage très coloré. Il est blond, porte les cheveux assez longs et un blouson de cuir sur un chandail à col roulé. Blancpain n'a pas pu lire l'inscription sur le triporteur. Un mot qui finit par « ail ». Nous sommes en train de vérifier la liste des commerçants du quartier susceptibles d'utiliser un livreur en triporteur.

— Que dit Victor ?

— Que, du moment qu'on le paie, cela lui est égal d'être sous l'eau ou dehors, mais qu'il est persuadé qu'il perd son temps.

— Rien dans les terrains vagues ?

— Pas jusqu'ici.

— J'espère, tout à l'heure, avec le rapport du médecin, recevoir quelques détails sur le mort.

Il les eut à son bureau, vers deux heures et

demie, par téléphone. Paul lui enverrait plus tard son rapport officiel.

— Vous prenez note, Maigret ?

Celui-ci attira un bloc de papier.

— Ce ne sont que des estimations, mais elles sont assez proches de la réalité. Voici d'abord le signalement de votre homme, pour autant qu'on puisse l'établir sans la tête. Il n'est pas grand ; environ 1 m 67. Le cou est court, épais, et j'ai lieu de penser que le visage est large, avec une mâchoire solide. Cheveux sombres, avec peut-être quelques cheveux blancs vers les tempes, pas beaucoup. Poids : 75 kilos. L'aspect devait être celui d'un homme trapu, plus carré que rond, plus musclé que gras, encore qu'il ait fini par s'empâter. Le foie indique un solide buveur, mais je ne pense pas qu'on soit en présence d'un ivrogne. Plutôt le genre de ceux qui prennent un verre toutes les heures ou toutes les demi-heures, surtout du vin blanc. J'ai d'ailleurs retrouvé des traces de vin blanc dans l'estomac.

— De la nourriture aussi ?

— Oui. Nous avons de la chance qu'il s'agisse d'un plat indigeste. Son dernier déjeuner ou son dernier dîner a été composé surtout de porc rôti et de haricots.

— Longtemps avant la mort ?

— Je dirais deux heures à deux heures et demie. J'ai prélevé les matières accumulées sous les ongles des mains et des pieds et les ai envoyées au laboratoire. Moers vous donnera directement son avis.

— Les cicatrices ?

— Rien de changé à mon opinion de ce matin. L'appendectomie a été pratiquée il y a cinq ou six ans, par un bon chirurgien si j'en crois la qualité du travail. Les traces de petits plombs datent d'au moins vingt ans et je suis tenté de doubler ce chiffre.

— Age ?

— Cinquante à cinquante-cinq ans.

— Il aurait reçu la décharge de fusil de chasse quand il était enfant ?

— C'est mon opinion. Santé générale satisfaisante, sauf l'engorgement du foie que je vous ai signalé. Cœur et poumons en bon état. Le poumon gauche porte la cicatrice d'une très ancienne tuberculose sans signification, car il arrive souvent que des enfants ou des bébés fassent une légère tuberculose sans même qu'on s'en aperçoive. Maintenant, Maigret, si vous en désirez davantage, apportez-moi la tête et je ferai mon possible.

— On ne l'a pas retrouvée.

— Dans ce cas, on ne la retrouvera pas.

Il confirmait Maigret dans son opinion. Il y a comme ça, au Quai des Orfèvres, un certain nombre de croyances qu'on a fini par considérer comme des axiomes. Le fait, par exemple, que ce soient presque invariablement des filles publiques de bas étage qu'on coupe en morceaux. Le fait aussi qu'on retrouve un certain nombre de tronçons, mais plus rarement la tête.

On n'essaie pas d'expliquer, mais chacun y croit.

— Si on m'appelle, alla-t-il dire dans le bureau des inspecteurs, je suis là-haut, au laboratoire.

Il grimpa lentement jusqu'aux combles du Palais de Justice, où il trouva Moers penché sur des éprouvettes.

— Tu travailles sur « mon » cadavre ? questionna-t-il.

— J'étudie les spécimens que Paul nous a envoyés.

— Tu as des résultats ?

D'autres spécialistes travaillaient dans l'immense salle où, dans un coin, on voyait, debout, le mannequin qui servait aux reconstitutions, par exemple à s'assurer qu'un coup de couteau n'avait pu être donné que dans telle ou telle position.

— J'ai l'impression, murmura Moers, qui parlait toujours à mi-voix, comme dans une église, que votre homme ne sortait pas beaucoup.

— Pourquoi ?

— J'ai étudié les matières extraites des ongles des orteils. C'est ainsi que je peux vous dire que les dernières chaussettes qu'il a portées étaient en laine bleu marine. Je retrouve aussi des traces de ce feutre dont on fait les pantoufles appelées des charentaises. J'en conclus que l'homme devait beaucoup vivre en pantoufles.

— Si c'est exact, Paul devrait pouvoir nous le confirmer, car de vivre en pantoufles pendant des années, cela finit par déformer le pied, tout au moins si j'en crois ma femme, qui me répète sans cesse...

Il n'acheva pas sa phrase, essaya d'atteindre l'Institut Médico-Légal que le docteur Paul avait quitté, parvint à toucher celui-ci à son domicile particulier.

— Ici, Maigret. Une question, docteur, à la suite d'une remarque de Moers. Avez-vous eu l'impression que notre homme vivait plus souvent en pantoufles qu'en souliers ?

— Transmettez mes compliments à Moers.

J'ai failli vous en parler tout à l'heure, mais j'ai jugé que c'était trop vague et que je risquais de vous lancer sur une fausse piste. L'idée m'est venue, à l'examen des pieds, que nous nous trouvions peut-être en présence d'un garçon de café. Chez eux, comme chez les maîtres d'hôtel et... chez les agents de police, surtout les agents de la circulation, la plante des pieds a tendance à s'affaisser, non pas par le fait de la marche mais de leur longue station debout.

— Vous m'avez dit que les ongles des mains n'étaient pas soignés.

— C'est exact. Vraisemblablement, un maître d'hôtel n'aurait pas les ongles en deuil.

— Ni un garçon de grande brasserie ou de café bourgeois.

— Moers n'a rien découvert d'autre ?

— Pas jusqu'à présent. Merci, docteur.

Maigret passa encore près d'une heure à rôder dans le laboratoire, se penchant sur les uns et sur les autres.

— Cela vous intéresse de savoir qu'il avait aussi, sous les ongles, de la terre mélangée de salpêtre ?

Moers savait aussi bien que Maigret où on trouve le plus souvent un tel mélange : dans une cave, surtout dans une cave humide.

— Il y en a peu ? Beaucoup ?

— C'est ce qui me frappe. L'homme ne paraît pas s'être sali ainsi en une seule occasion.

— Autrement dit, il avait l'habitude de descendre à la cave ?

— Ce n'est qu'une hypothèse.

— Et les mains ?

— Je retrouve, sous les ongles des doigts, une

matière similaire, mais mêlée à d'autres matières, à de menus éclats de cire rouge.

— Comme celle dont on se sert pour sceller les bouteilles de vin ?

— Oui.

Maigret était presque déçu, car cela devenait trop facile.

— En somme, un bistrot ! grommela-t-il.

Et il se demanda, à ce moment-là, si l'affaire ne serait pas terminée le soir même. L'image de la femme brune et maigre qui leur avait servi à boire le matin lui revenait à la mémoire. Elle l'avait beaucoup frappé et il avait pensé deux ou trois fois à elle pendant la journée, pas nécessairement en connection avec l'homme coupé en morceaux, mais parce que ce n'était pas un personnage ordinaire.

Les individus pittoresques ne manquent pas dans un quartier comme celui du quai de Valmy. Mais, rarement, il avait rencontré le genre d'inertie qu'il avait constaté chez cette femme. C'était difficile à expliquer. La plupart des gens, en vous regardant, échangent quelque chose avec vous, si peu que ce soit. Un contact s'établit, même si ce contact est une sorte de défi.

Avec elle, au contraire, il ne se produisait rien. Elle s'était approchée du comptoir sans étonnement, sans crainte, sans qu'il soit possible de lire quoi que ce fût sur ses traits en dehors d'une lassitude qui ne devait jamais la quitter.

A moins que ce fût de l'indifférence ?

Deux ou trois fois, en buvant son verre, Maigret avait plongé le regard dans le sien et il n'avait rien découvert, n'avait provoqué aucun mouvement, aucune réaction.

Or, ce n'était pas la passivité d'une personne

inintelligente. Elle n'était pas ivre non plus, ni droguée, en tout cas à ce moment-là. Déjà le matin, il s'était promis de retourner la voir, ne serait-ce que pour se rendre compte du genre de clientèle qui fréquentait l'établissement.

— Vous avez une idée, patron ?

— Peut-être.

— Vous dites cela comme si ça vous contrariait.

Maigret préféra ne pas insister. A quatre heures, il interpellait Lapointe qui faisait du travail de bureau.

— Tu veux me conduire ?

— Au canal ?

— Oui.

— J'espère qu'ils ont eu le temps de désinfecter la voiture.

Les femmes avaient déjà des chapeaux clairs et, cette saison, c'était le rouge qui dominait, un rouge vif de coquelicot. On avait descendu les vélums orangés ou rayés des terrasses où presque tous les guéridons étaient occupés et les gens marchaient d'un pas plus allègre qu'une semaine auparavant.

Quai de Valmy, ils descendirent de l'auto à proximité du rassemblement qui indiquait l'endroit où Victor fouillait toujours le fond du canal. Judel était là.

— Rien ?

— Non.

— Pas de vêtements non plus ?

— Nous avons travaillé sur la ficelle. Si vous le croyez utile, j'en enverrai au laboratoire. A première vue, c'est de la grosse ficelle ordinaire, comme on en use chez la plupart des commerçants. Il en a fallu une certaine quantité pour faire les différents paquets. J'ai envoyé quelqu'un interroger les quincailliers d'alentour. Jusqu'ici, pas de résultat. Quant aux journaux, dont j'ai mis les lambeaux à sécher, ils sont pour la plupart de la semaine dernière.

— De quand est le dernier ?

— De samedi matin.

— Tu connais le bistrot qui se trouve un peu plus haut que la rue Terrage, à côté d'un laboratoire de produits pharmaceutiques ?

— Chez Calas ?

— Je n'ai pas regardé le nom sur la devanture : une petite salle sombre, en contrebas du trottoir, avec un gros poêle à charbon au milieu et un tuyau noir qui traverse presque toute la pièce.

— C'est ça. Chez Omer Calas.

Les inspecteurs du quartier connaissent ces endroits-là mieux que ceux du Quai des Orfèvres.

— Quel genre ? questionna Maigret en regardant les bulles d'air qui indiquaient les allées et venues de Victor au fond du canal.

— Tranquille. Je ne me souviens pas qu'ils aient eu des ennuis avec nous.

— Omer Calas vient de la campagne ?

— C'est probable. Je pourrais m'en assurer en consultant les registres. La plupart des tenanciers de bistrots arrivent à Paris comme valets de chambre ou comme chauffeurs épousant la cuisinière, et finissent par s'installer à leur compte.

— Ils sont là depuis longtemps ?

— Ils y étaient avant que je sois nommé dans le quartier. J'ai toujours connu l'endroit tel que vous l'avez vu. C'est presque en face du poste de police et il m'arrive de franchir la passerelle pour y aller prendre un coup de blanc. Leur vin blanc est bon.

— C'est le patron qui sert d'habitude ?

— La plupart du temps. Sauf, une partie de l'après-midi, quand il va faire un billard dans une brasserie de la rue La Fayette. C'est un enragé du billard.

— Sa femme est au comptoir quand il s'absente ?

— Oui. Ils n'ont ni bonne ni garçon. Je crois me souvenir qu'à un certain moment ils ont eu une petite serveuse, mais j'ignore ce qu'elle est devenue.

— Quelle clientèle ont-ils ?

— C'est difficile à dire, fit Judel en se grattant la nuque. Les bistrots du quartier ont tous plus ou moins le même genre de clients. Et, en même temps, chacun a une clientèle différente. « Chez Popaul », par exemple, près de l'écluse, c'est bruyant du matin au soir. On y boit sec, on y parle fort et l'air est toujours bleu de fumée. Passé huit heures du soir, vous pouvez être sûr d'y trouver trois ou quatre femmes, qui elles-mêmes ont leurs habitués.

— Et chez Omer ?

— D'abord, ils ne sont pas autant sur le passage. Ensuite, c'est plus sombre, plus triste. Car ce n'est pas gai, là-dedans, vous avez dû vous en rendre compte. Le matin, ils ont les ouvriers des chantiers des environs qui viennent boire le coup et, à midi, il y en a quelques-uns qui apportent leur manger et qui commandent une chopine de blanc. L'après-midi est plus calme, faute de passage, comme je vous l'ai dit. Sans doute est-ce pour ça qu'Omer choisit ce moment-là pour aller faire un billard. Il doit entrer quelqu'un de loin en loin. Puis, à l'heure de l'apéritif, cela bouge à nouveau.

» Il m'est arrivé de pousser la porte, le soir. Chaque fois, j'ai aperçu une table de joueurs de cartes et une ou deux silhouettes, pas plus, debout devant le zinc. Ce sont des endroits où, si on n'est pas un habitué, on a toujours l'impression de gêner.

— Omer et la femme sont mariés ?

— Je ne me suis jamais posé la question. C'est facile à vérifier. Nous pouvons aller tout de suite au commissariat et consulter les registres.

— Vous me donnerez le renseignement plus tard. Il paraît qu'Omer Calas est en voyage ?

— Ah ! C'est elle qui vous l'a dit ?

— Oui.

La péniche des frères Naud, à cette heure-ci, était amarrée au quai de l'Arsenal où les grues avaient commencé à décharger la pierre de taille.

— J'aimerais que vous établissiez une liste des bistrots des environs, en particulier de ceux où le patron ou le serveur sont absents depuis dimanche.

— Vous croyez que ?...

— L'idée est de Moers. Elle est peut-être bonne. Je vais faire un tour là-bas.

— Chez Calas ?

— Oui. Tu viens, Lapointe ?

— Je fais revenir Victor demain ?

— Je pense que ce serait jeter par les fenêtres l'argent des contribuables. S'il n'a rien trouvé aujourd'hui, c'est qu'il n'y a plus rien à trouver.

— Il est de cet avis-là.

— Qu'il débauche quand il en aura assez et

qu'il n'oublie pas, demain, d'envoyer son rapport.

En passant devant la rue Terrage, Maigret jeta un coup d'œil aux camions qui stationnaient devant un immense portail surmonté des mots : « Roulers et Langlois ».

— Je me demande combien ils en ont... murmura-t-il, en pensant à voix haute.

— Quoi ? questionna Lapointe.

— Des camions.

— Chaque fois que je vais en auto à la campagne, j'en rencontre sur la route et ils sont bougrement difficiles à dépasser.

Les pots de cheminée n'étaient plus du même rose que le matin mais tournaient au rouge sombre sous les rayons du soleil couchant, et dans le ciel, maintenant, on discernait des traces de vert pâle, le même vert, ou presque, que prend la mer un peu avant la tombée du jour.

— Vous pensez, patron, qu'une femme aurait été capable de faire ce travail-là ?

Il pensait à la femme maigre et brune qui les avait servis le matin.

— C'est possible. Je n'en sais rien.

Peut-être Lapointe trouvait-il aussi que ce serait trop facile ? Quand une enquête s'avère compliquée et que le problème paraît impossible à résoudre, tout le monde, au Quai, à commencer par Maigret, devient grognon et impatient. Si, au contraire, un cas qui a d'abord paru difficile se révèle simple et banal, les mêmes inspecteurs et le même commissaire ne parviennent pas à cacher leur déception.

Ils étaient arrivés à la hauteur du bistrot. Parce qu'il était bas de plafond, il était plus sombre que les autres et on y avait déjà allumé une lampe au-dessus du comptoir.

La même femme que le matin, vêtue de la même façon, servait deux clients aux allures d'employés et elle ne tressaillit pas en reconnaissant Maigret et son compagnon.

— Qu'est-ce que ce sera ? se contenta-t-elle de leur demander sans se donner la peine de leur sourire.

— Du vin blanc.

Il y en avait trois ou quatre bouteilles, sans bouchon, dans le bac de zinc derrière le comptoir. On devait descendre de temps en temps à la cave pour les remplir à la barrique. Tout à côté du comptoir, le sol n'était pas recouvert de carreaux rouges et on voyait une trappe d'environ un mètre sur un mètre qui donnait accès au sous-sol.

Maigret et Lapointe ne s'étaient pas assis. Aux phrases qu'ils entendaient prononcer par les deux hommes debout auprès d'eux, ils devinaient que ce n'étaient pas des employés mais des infirmiers qui allaient prendre leur service de nuit à l'hôpital Saint-Louis, de l'autre côté du canal. L'un d'eux, à un certain moment, s'adressa à la patronne, sur le ton familier d'un habitué.

— Quand est-ce qu'Omer rentre ?

— Vous savez bien qu'il ne me le dit jamais.

Elle avait parlé sans embarras, avec la même indifférence que, le matin, elle avait parlé à Maigret. Le chat roux était toujours près du poêle, d'où il semblait n'avoir pas bougé.

— Il paraît qu'ils sont à chercher après la tête ! fit celui qui avait posé la question.

En disant cela, il se pencha pour observer

Maigret et son compagnon. Peut-être les avait-il aperçus le long du canal ? Peut-être avait-il simplement l'impression que c'étaient des policiers ?

— On ne l'a pas trouvée, hein ? continua-t-il, en s'adressant directement à Maigret.

— Pas encore.

— Vous espérez qu'on la trouvera ?

L'autre observait le visage du commissaire et finit par prononcer :

— Ce n'est pas vous le commissaire Maigret ?

— Oui.

— Il me semblait bien. J'ai souvent vu votre portrait dans les journaux.

La femme n'avait toujours pas bronché, n'avait pas paru entendre.

— C'est marrant que, pour une fois, ce soit un homme qu'on ait coupé en morceaux ! Tu viens, Julien ? Qu'est-ce que je vous dois, madame Calas ?

Ils sortirent en adressant un vague salut à Maigret et à Lapointe.

— Vous avez beaucoup de clients parmi le personnel de l'hôpital ?

Elle se contenta de répondre :

— Quelques-uns.

— Votre mari est parti dimanche soir ?

Elle le regarda avec des yeux sans expression et prononça de la même voix indifférente :

— Pourquoi dimanche ?

— Je ne sais pas. J'ai cru entendre dire...

— Il est parti vendredi après-midi.

— Il y avait beaucoup de monde au bar quand il a quitté la maison ?

Elle parut réfléchir. Il lui arrivait de sembler tellement absente, ou tellement indifférente à ce

48

qui se disait qu'elle en avait presque l'air d'une somnambule.

— Il n'y a jamais grand monde l'après-midi.

— Vous ne vous rappelez personne ?

— Peut-être qu'il y avait quelqu'un. Je ne sais plus. Je n'ai pas fait attention.

— Il a emporté des bagages ?

— Naturellement.

— Beaucoup ?

— Sa valise.

— Comment était-il habillé ?

— Il portait un complet gris. Je crois. Oui.

— Vous savez où il est en ce moment ?

— Non.

— Vous ignorez où il est allé ?

— Je sais qu'il a dû prendre le train pour Poitiers et, de là, le bus pour Saint-Aubin ou pour un autre village des environs.

— Il descend à l'auberge ?

— D'habitude.

— Il ne lui arrive pas de coucher chez des amis ou des parents ? Ou bien chez les vignerons qui lui fournissent du vin ?

— Je ne lui ai pas demandé.

— De sorte que si vous deviez le toucher d'urgence pour une question importante, si vous tombiez malade, par exemple, vous ne pourriez pas le prévenir ?

L'idée ne la surprit pas, ne l'effraya pas.

— Il finira toujours bien par revenir, répondit-elle de sa voix monotone et sans résonance. La même chose ?

Les deux verres étaient vides et elle les remplit.

3

Le jeune homme du triporteur

Ce fut, en fin de compte, un des interrogatoires les plus décevants de Maigret. Ce ne fut d'ailleurs pas un interrogatoire à proprement parler, puisque aussi bien la vie du petit bar continuait. Longtemps, le commissaire et Lapointe restèrent debout au comptoir, à boire leur verre comme des clients. C'était comme clients qu'ils étaient là, en réalité. Si un des infirmiers, tout à l'heure, avait reconnu Maigret et avait prononcé son nom à voix haute, le commissaire, en s'adressant à Mme Calas, n'avait pas fait allusion à ses fonctions officielles. Il lui parlait à bâtons rompus, avec de longs silences, et, de son côté, quand il ne lui demandait rien, elle évitait de s'occuper de lui.

Elle les laissa un bon moment seuls dans la salle tandis qu'elle disparaissait par une porte de derrière qu'elle laissa entrouverte. Cela devait être la cuisine. Elle mettait quelque chose au feu. Un petit vieux entra sur ces entrefaites, qui, en habitué, se dirigea sans hésiter vers une table de coin et prit une boîte de dominos dans un casier.

Elle entendit, du fond, les dominos qu'il brassait sur la table, comme s'il s'apprêtait à jouer tout seul. Sans le saluer, elle revint vers ses bouteilles, versa un apéritif rosé dans un verre et alla le poser devant le consommateur.

Celui-ci attendait et il ne s'écoula que quelques minutes avant qu'un autre petit vieux, qui aurait pu être son frère, tant ils appartenaient au même type, vint prendre place en face de lui.

— Suis en retard ?

— Non. J'étais en avance.

Mme Calas remplit un verre d'une autre sorte d'apéritif et cela se passait toujours en silence, à la façon d'une pantomime. En passant, elle poussa un commutateur qui alluma une seconde lampe dans le fond de la salle.

— Elle ne vous inquiète pas ? souffla Lapointe à l'oreille de Maigret.

Ce n'était pas de l'inquiétude que ressentait le commissaire, mais un intérêt comme il n'avait pas eu depuis longtemps l'occasion d'en porter à un être humain.

Lorsqu'il était jeune et qu'il rêvait de l'avenir, n'avait-il pas imaginé une profession idéale qui, malheureusement, n'existe pas dans la vie réelle ? Il ne l'avait dit à personne, n'avait jamais prononcé les deux mots à voix haute, fût-ce pour lui-même : il aurait voulu être un « raccommodeur de destinées ».

Curieusement, d'ailleurs, dans sa carrière de policier, il lui était arrivé assez souvent de remettre à leur vraie place des gens que les hasards de la vie avaient aiguillés dans une mauvaise direction. Plus curieusement, au cours des dernières années, une profession était née, qui ressemblait quelque peu à celle qu'il avait imaginée : le psychanalyste, qui s'efforce de révéler à un homme sa vraie personnalité.

Or, si quelqu'un n'était visiblement pas à sa place, c'était cette femme qui allait et venait en silence sans qu'on puisse rien deviner de ses pensées et de ses sentiments.

Certes, il avait déjà découvert un de ses secrets, si on pouvait parler de secret, car sans doute tous les clients du bar étaient-ils au courant. Deux fois encore, elle était retournée dans la pièce du fond et, la seconde fois, le commissaire avait nettement entendu le crissement d'un bouchon dans le goulot d'une bouteille.

Elle buvait. Il aurait juré qu'elle n'était jamais ivre, ne perdait jamais le contrôle d'elle-même. Comme les vrais ivrognes, ceux pour lesquels la médecine ne peut rien, elle connaissait sa mesure et entretenait, chez elle, un état déterminé, cette sorte d'indifférence somnambulesque qui intriguait à première vue.

— Quel âge avez-vous ? lui demanda-t-il quand elle reprit sa place derrière le comptoir.

— Quarante et un ans.

Elle n'avait pas hésité. Elle avait répondu sans coquetterie ni amertume. Elle savait qu'elle en paraissait davantage. Sans doute depuis long-temps ne vivait-elle plus pour les autres et ne se préoccupait-elle plus de leur opinion. Son visage était fané, avec un cerne profond sous les yeux, les coins de la bouche qui tombaient et, déjà, des plis mous sous le menton. Elle avait dû maigrir et sa robe devenue trop large lui pendait sur le corps.

— Née à Paris ?

— Non.

Il était sûr qu'elle devinait ce qu'il y avait derrière ses questions, mais elle n'essayait pas de les éviter, ne répondait pas non plus un mot de trop.

Les deux vieux, derrière Maigret, faisaient leur partie de dominos comme ils devaient la faire chaque fin d'après-midi.

Ce qui chiffonnait le commissaire, c'est qu'elle se cachât pour boire. A quoi bon, puisqu'elle n'avait pas cure de l'opinion des gens, gagner la pièce du fond pour aller prendre une rasade d'alcool ou de vin à même la bouteille ? Lui restait-il sur ce point-là un certain respect humain ? Cela semblait improbable. Les ivrognes, arrivés à ce degré-là, prennent rarement la peine de se cacher, à moins qu'ils aient à tromper la surveillance de leur entourage.

Etait-ce la réponse à la question ? Il existait un mari, Omer Calas. Devait-on supposer qu'il empêchait sa femme de boire, en tout cas devant les clients ?

— Votre mari se rend souvent dans les environs de Poitiers pour acheter du vin ?

— Chaque année.

— Une fois ?

— Ou bien deux. Cela dépend.

— De quoi ?

— Du vin qu'on débite.

— Il part toujours un vendredi ?

— Je n'ai jamais fait attention.

— Il avait annoncé son intention d'entreprendre ce voyage ?

— A qui ?

— A vous.

— Il ne m'annonce pas ses intentions.

— Peut-être à des clients, à des amis ?

54

— Je n'en sais rien.

— Ces deux-là étaient ici vendredi dernier ?

— Pas à l'heure où Omer est parti. Ils n'arrivent pas avant cinq heures.

Maigret se tourna vers Lapointe.

— Veux-tu téléphoner à la gare Montparnasse pour savoir quelles sont, l'après-midi, les heures de trains pour Poitiers ? Adresse-toi au commissaire de la gare.

Maigret parlait à voix basse et, si elle avait observé ses lèvres, Mme Calas aurait deviné les mots qu'il disait, mais elle ne s'en donnait pas la peine.

— ... Demande-lui de se renseigner auprès des employés, en particulier de ceux des guichets. Donne le signalement du mari...

La cabine téléphonique ne se trouvait pas au fond de la salle, comme cela arrive le plus souvent, mais près de la devanture. Lapointe demanda un jeton, fit quelques pas vers la porte vitrée. La nuit était à peu près tombée et un brouillard bleuâtre flottait de l'autre côté des vitres. Maigret, qui tournait le dos à la rue, se retourna vivement quand il entendit les pas précipités de l'inspecteur. Il eut l'impression de voir sur le trottoir une ombre qui fuyait, un visage jeune qui, dans la pénombre, paraissait blême et informe.

Lapointe avait tourné le bec-de-cane de la porte et courait à son tour dans la direction de La Villette. Il n'avait pas pris le temps de refermer la porte derrière lui et Maigret fit quelques pas à son tour, se campa au milieu du trottoir. A peine distingua-t-il encore, assez loin, deux silhouettes qui se poursuivaient et qui disparurent, mais il entendit encore un certain temps des bruits de pas précipités sur le pavé.

Lapointe avait dû avoir l'impression de reconnaître quelqu'un de l'autre côté de la vitre. Maigret, qui n'avait presque rien vu, croyait cependant avoir compris. Le jeune homme qui s'était éloigné en courant ressemblait à la description du jeune homme au triporteur qui, alors que le scaphandrier travaillait dans le fond du canal, s'était déjà enfui une première fois à l'approche d'un policier.

— Vous le connaissez ? demanda-t-il à Mme Calas.

— Qui ?

Il était vain d'insister. Il était d'ailleurs possible qu'elle n'eût pas regardé vers la rue au bon moment.

— C'est toujours si calme, ici ?

— Cela dépend.

— De quoi ?

— Du jour. De l'heure.

Comme pour lui donner raison, une sirène se faisait entendre, marquant la sortie du personnel d'un atelier des environs, et, quelques minutes plus tard, on entendait comme une procession sur le trottoir, la porte s'ouvrait, se refermait, s'ouvrait encore une dizaine de fois tandis que des gens s'asseyaient aux tables et que d'autres, comme Maigret, se tenaient debout devant le comptoir.

Pour beaucoup, la patronne ne leur demandait pas ce qu'ils prenaient et leur servait d'office leur boisson habituelle.

— Omer n'est pas ici ?

— Non.

Elle n'ajoutait pas :

— Il est en voyage.

Ou bien :

— Il est parti vendredi pour Poitiers.

Elle se contentait de répondre à la question directe, sans détails superflus. D'où sortait-elle ? Il ne se sentait pas capable d'émettre même une hypothèse. Les années l'avaient ternie, comme vidée d'une partie d'elle-même. A cause de la boisson, elle vivait dans un monde à part et n'avait que des contacts indifférents avec la réalité.

— Il y a longtemps que vous habitez ici ?

— Paris ?

— Non. Ce café.

— Vingt-quatre ans.

— Votre mari le tenait avant de vous connaître ?

— Non.

Il se livrait à un calcul mental.

— Vous aviez dix-sept ans quand vous l'avez rencontré ?

— Je le connaissais avant.

— Quel âge a-t-il à présent ?

— Quarante-sept ans.

Cela ne correspondait pas tout à fait avec l'âge donné par le docteur Paul, mais la marge n'était pas tellement grande. C'est d'ailleurs sans conviction que Maigret continuait à poser des questions, plutôt pour satisfaire sa curiosité personnelle. N'aurait-ce pas été un miracle que, dès le premier jour, le hasard lui fasse découvrir, sans même qu'il ait besoin d'y mettre du sien, l'identité du corps sans tête ?

On entendait un murmure de conversations et la fumée des cigarettes commençait à former une nappe mouvante un peu plus haut que les têtes. Des gens sortaient. D'autres entraient. Les deux joueurs de dominos restaient aussi imperturbables que s'ils étaient seuls au monde.

— Vous avez une photographie de votre mari ?

— Non.

— Vous ne possédez pas un seul portrait de lui ?

— Non.

— Et de vous ?

— Non plus. Sauf sur ma carte d'identité.

Cela n'arrive pas une fois sur mille, Maigret le savait par expérience, que des gens n'aient pas une photographie d'eux-mêmes.

— Vous habitez l'étage au-dessus ?

Elle fit signe que oui. La maison, il l'avait constaté du dehors, n'avait qu'un seul étage. Au-dessus du café et de la cuisine devaient se trouver deux ou trois chambres, vraisemblablement deux chambres et un cabinet de toilette ou un débarras.

— Par où monte-t-on ?

— Par l'escalier qui est dans la cuisine.

Elle gagna la cuisine un peu plus tard et, cette fois, remua avec une cuiller quelque chose qui cuisait. La porte s'ouvrait bruyamment et Maigret vit Lapointe, les joues roses, les yeux brillants, court d'haleine, qui faisait passer un jeune homme devant lui.

Le petit Lapointe, comme on disait au Quai, non à cause de sa taille mais parce qu'il était le plus jeune et le dernier venu, n'avait jamais été aussi fier de lui.

— Il m'a fait courir un bout de chemin ! dit-il en souriant et en tendant le bras vers son verre resté sur le comptoir. Deux ou trois fois, j'ai cru qu'il allait me semer. Heureusement qu'au lycée j'étais champion du cinq cents mètres.

Le jeune homme, lui aussi, était à bout de souffle et sa respiration était brûlante.

— Je n'ai rien fait, proclama-t-il en se tournant vers Maigret.

— Dans ce cas, tu n'as rien à craindre.

Il regarda Lapointe.

— Tu as pris son identité ?

— Par précaution, j'ai gardé sa carte en poche. C'est bien lui qui conduit un triporteur pour la maison Pincemail. C'est lui aussi qui se trouvait ce matin sur le quai et qui s'est éloigné précipitamment.

— Pourquoi ? demanda Maigret à l'intéressé.

Celui-ci avait l'air buté des jeunes gens qui s'efforcent de passer pour de mauvais garçons.

— Tu ne veux pas répondre ?

— Je n'ai rien à dire.

— Tu n'en as rien tiré en chemin ? demanda-t-il à Lapointe.

— Nous étions trop essoufflés pour parler beaucoup. Il s'appelle Antoine Cristin. Il a dix-huit ans et vit avec sa mère dans un logement de la rue du Faubourg Saint-Martin.

Quelques-uns des clients les observaient, mais pas avec une curiosité exagérée car, dans le quartier, on est habitué à voir surgir la police.

— Que faisais-tu sur le trottoir ?

— Rien.

— Il avait le visage collé à la vitre, expliqua Lapointe. Dès que je l'ai aperçu j'ai pensé à ce que Judel nous a dit et je me suis précipité dehors.

— Pourquoi t'es-tu enfui, puisque tu ne faisais rien de mal ?

Il hésita, s'assura qu'au moins deux de leurs

voisins écoutaient et prononça avec un frémissement des lèvres :

— Parce que je n'aime pas les flics.

— Mais tu les observes à travers la vitre ?

— Ce n'est pas interdit.

— Comment savais-tu que nous étions ici ?

— Je ne le savais pas.

— Alors, pourquoi es-tu venu ?

Il rougit, se mordit la lèvre, qu'il avait épaisse.

— Réponds.

— Je passais.

— Tu connais Omer ?

— Je ne connais personne.

— La patronne non plus ?

Celle-ci était à nouveau derrière le comptoir et les regardait sans qu'on puisse lire la moindre crainte, la moindre appréhension sur son visage. Si elle avait quelque chose à cacher, elle était plus forte qu'aucun coupable ou qu'aucun témoin que Maigret eût jamais rencontré.

— Tu ne la connais pas ?

— De vue.

— Tu n'es jamais entré ici pour boire un verre ?

— Peut-être.

— Où est ton triporteur ?

— Chez mon patron. Je finis le travail à cinq heures.

Maigret adressa à Lapointe un signe que celui-ci comprit, car c'était un des rares signes conventionnels entre gens de la P.J. L'inspecteur entra dans la cabine téléphonique, appela, non la gare Montparnasse, mais le poste de police qui se trouvait presque en face, de l'autre côté du canal, finit par avoir Judel au bout du fil.

— Le gamin est ici, chez Calas. Dans

quelques minutes, le patron le laissera partir, mais il voudrait que quelqu'un soit prêt à le prendre en filature. Rien de neuf ?

— Toujours de fausses pistes, ou des pistes qui mènent nulle part : des rixes, dimanche soir, dans quatre ou cinq cafés ; quelqu'un qui croit avoir entendu un corps tomber à l'eau ; une prostituée qui prétend qu'un Arabe lui a volé son sac à main...

— A tout à l'heure.

Maigret, comme indifférent, restait à côté du jeune homme.

— Qu'est-ce que tu bois, Antoine ? Du vin ? De la bière ?

— Rien.

— Tu ne bois jamais ?

— Pas avec les flics. Il va quand même falloir que vous me laissiez partir.

— Tu parais sûr de toi.

— Je connais la loi.

Il avait de gros os, une bonne chair drue de jeune paysan à qui Paris n'avait pas encore pris sa santé. Combien de fois Maigret avait-il vu des gosses du même genre finir, un soir, par assommer une débitante de tabac ou une vieille mercière pour quelques centaines de francs ?

— Tu as des frères et sœurs ?

— Je suis enfant unique.

— Ton père vit avec toi ?

— Il est mort.

— Ta mère travaille ?

— Elle fait des ménages.

Et Maigret à Lapointe :

— Rends-lui sa carte d'identité. Elle porte la bonne adresse ?

— Oui.

Le gamin n'était pas encore sûr que ce ne soit pas un piège.

— Je peux aller ?

— Quand tu voudras.

Il ne dit ni merci ni au revoir, mais le commissaire surprit un clin d'œil furtif qu'il adressait à la patronne.

— A présent, téléphone à la gare.

Il commanda deux autres verres de vin blanc. Le café s'était vidé en partie. Il n'y avait plus, outre lui et Lapointe, que cinq consommateurs, y compris les joueurs de dominos.

— Je suppose que vous ne le connaissez pas ?

— Qui ?

— Le jeune homme qui vient de partir.

Elle n'hésita pas à répondre :

— Si !

C'était si simple que Maigret en était désarçonné.

— Il vient souvent ?

— Assez souvent.

— Pour boire ?

— Il ne boit guère.

— De la bière ?

— Et quelquefois du vin.

— C'est après son travail que vous le voyez ?

— Non.

— Pendant la journée ?

Elle fit oui de la tête et son calme inaltérable finissait par exaspérer le commissaire.

— Quand il passe.

— Vous voulez dire quand, avec son triporteur, il lui arrive de passer sur le quai ? Autrement dit, quand il a des livraisons dans le quartier ?

— Oui.

— C'est généralement vers quelle heure ?

— Trois heures et demie ou quatre heures.

— Il fait une tournée régulière ?

— Je crois.

— Il s'accoude au bar ?

— Ou bien il s'assied.

— Où ?

— A cette table-là. Près de moi.

— Vous êtes très amis ?

— Oui.

— Pourquoi ne l'a-t-il pas admis ?

— Sans doute pour faire le faraud.

— Il a l'habitude de faire le faraud ?

— Il essaie.

— Vous connaissez sa mère ?

— Non.

— Vous êtes du même village ?

— Non.

— Il est entré, un beau jour, et vous avez lié connaissance ?

— Oui.

— Est-ce que, vers trois heures et demie, votre mari, d'habitude, n'est pas dans une brasserie à jouer au billard ?

— Le plus souvent.

— Croyez-vous que ce soit par hasard qu'Antoine choisisse ce moment-là pour vous rendre visite ?

— Je ne me le suis pas demandé.

Maigret se rendit compte de l'énormité apparente de la question qu'il allait poser, mais il croyait sentir autour de lui des choses plus irréelles encore.

— Il vous fait la cour ?

— Cela dépend de ce que vous entendez par là.

— Il est amoureux ?

— Je suppose qu'il m'aime bien.

— Vous lui donnez des cadeaux ?

— Je lui glisse parfois un billet que je prends dans la caisse.

— Votre mari le sait ?

— Non.

— Il ne s'en aperçoit pas ?

— C'est arrivé.

— Il s'est fâché ?

— Oui.

— Il ne s'est pas méfié d'Antoine ?

— Je n'en ai pas l'impression.

Quand on avait descendu les deux marches du seuil, on pénétrait dans un monde où toutes les valeurs étaient différentes et où les mots eux-mêmes avaient un autre sens. Lapointe était toujours dans la cabine, en communication avec la gare Montparnasse.

— Dites-moi, madame Calas, vous me permettez de vous poser une question plus personnelle ?

— Vous ferez quand même ce que vous avez envie de faire.

— Antoine est votre amant ?

Elle ne broncha pas. Son regard ne se détourna pas de Maigret.

— C'est arrivé, admit-elle.

— Vous voulez dire que vous avez eu des relations avec lui ?

— Vous auriez fini par le savoir. Je suis sûre qu'il ne sera pas long à parler.

— Cela s'est produit souvent ?

— Assez.

— Où ?

La question avait son importance. Quand

64

Omer Calas était absent, sa femme devait être prête à servir les clients qui entraient. Maigret avait eu un regard vers le plafond. Mais, de la chambre, au premier étage, entendrait-elle la porte s'ouvrir et se refermer ?

Avec toujours la même simplicité, elle désigna des yeux le fond de la salle, la porte ouverte sur la cuisine.

— Là-bas ?

— Oui.

— Vous n'avez jamais été surpris ?

— Pas par Omer.

— Par qui ?

— Un client, une fois, qui portait des souliers à semelles de caoutchouc et qui, ne voyant personne, s'est dirigé vers la cuisine.

— Il n'a rien dit ?

— Il a ri.

— Il n'en a pas parlé à Omer ?

— Non.

— Il est revenu ?

Maigret eut une intuition. Jusqu'ici, il ne s'était pas trompé sur le personnage de Mme Calas et ses hypothèses les plus audacieuses s'étaient révélées exactes.

— Il est revenu souvent ? insista-t-il.

— Deux ou trois fois.

— Quand Antoine était ici ?

— Non.

Il était facile de savoir si le jeune homme était dans le café car, dans ce cas, avant cinq heures, il devait laisser son triporteur devant la porte.

— Vous étiez seule ?

— Oui.

— Vous avez dû l'accompagner dans la cuisine ?

Il eut l'impression qu'une lueur passait dans ses yeux, une ironie à peine perceptible. Se trompait-il ? Il lui semblait que, dans son langage muet, elle lui disait :

— A quoi bon me questionner, puisque vous avez compris ?

Elle aussi comprenait le commissaire. C'était comme s'ils avaient été tous les deux de la même force, plus exactement comme s'ils possédaient l'un et l'autre la même expérience de la vie.

Ce fut si rapide qu'une seconde plus tard le commissaire aurait juré qu'il avait été le jouet de son imagination.

— Il y en a beaucoup d'autres ? questionna-t-il plus bas, comme en confidence.

— Quelques-uns.

Alors, sans bouger, sans se pencher vers elle, il posa une dernière question :

— Pourquoi ?

Et, à cette question-là, elle ne put répondre que par un geste vague. Elle ne prenait pas d'attitudes romantiques, ne bâtissait pas un roman autour d'elle.

Il lui avait demandé pourquoi et, s'il ne comprenait pas de lui-même, elle n'avait rien à lui expliquer.

D'ailleurs, il comprenait. Ce n'était qu'une confirmation qu'il cherchait et elle n'avait pas eu besoin de parler pour la lui donner.

Il savait maintenant à quel point elle était descendue. Ce qu'il ignorait encore, c'est d'où elle était partie pour en arriver là. Répondrait-elle avec la même sincérité aux questions sur son passé ?

Il ne put essayer tout de suite, car Lapointe le rejoignait. Il but une gorgée de vin, commença :

— Il y a bien un train pour Poitiers, en semaine, à 4 heures 48. Le commissaire de la gare a déjà interrogé deux des employés qui n'ont vu personne répondant au signalement fourni. Il va continuer l'enquête et vous donnera le résultat au Quai. D'après lui, cependant, il serait plus sûr de téléphoner à Poitiers. Comme le train s'arrête plusieurs fois en route et continue ensuite vers le sud, il y descend moins de voyageurs qu'il en monte à Montparnasse.

— Passe la consigne à Lucas. Qu'il téléphone à Saint-Aubin et aux villages les plus proches. Il doit exister une gendarmerie quelque part. Il y a aussi les auberges.

Lapointe demanda d'autres jetons et Mme Calas les lui passa avec indifférence. Elle ne posait pas de questions, semblait trouver naturel qu'on vînt ainsi l'interroger sur le voyage de son mari. Elle était pourtant au courant de la trouvaille faite dans le Canal Saint-Martin et des recherches qui avaient duré toute la journée, presque sous ses fenêtres.

— Vous avez vu Antoine vendredi dernier ?

— Il ne vient jamais le vendredi.

— Pourquoi ?

— Parce qu'il fait une tournée différente.

— Mais après cinq heures ?

— Mon mari est presque toujours rentré.

— Il n'est venu ni dans l'après-midi, ni dans la soirée.

— C'est exact.

— Vous êtes mariée depuis vingt-quatre ans à Omer Calas ?

— Je vis avec lui depuis vingt-quatre ans.

— Vous n'êtes pas mariés ?

— Si. Nous nous sommes mariés à la mairie du Xᵉ Arrondissement, mais il y a seize ou dix-sept ans seulement. Il faudrait que je compte.

— Vous n'avez pas d'enfant ?

— Une fille.

— Elle vit ici ?

— Non.

— A Paris ?

— Oui.

— Quel âge a-t-elle ?

— Elle vient d'avoir vingt-quatre ans. Je l'ai eue à dix-sept.

— C'est la fille d'Omer ?

— Oui.

— Sans aucun doute possible ?

— Sans aucun doute.

— Elle est mariée ?

— Non.

— Elle vit seule ?

— Elle a un logement dans l'île Saint-Louis.

— Elle travaille ?

— Elle est assistante d'un des chirurgiens de l'Hôtel-Dieu, le professeur Lavaud.

Pour la première fois, elle en disait plus que le strict nécessaire. Est-ce qu'elle conservait malgré tout certains des sentiments de tout le monde et était-elle fière de sa fille ?

— Vous l'avez vue vendredi dernier ?

— Non.

— Elle ne vous rend jamais visite ?

— Quelquefois.

— Quand est-elle venue pour la dernière fois ?

— Il y a environ trois semaines, peut-être un mois.

68

— Votre mari était ici ?

— Je crois.

— Votre fille s'entend bien avec lui ?

— Elle a aussi peu de rapports que possible avec nous.

— Par honte ?

— Peut-être.

— A quel âge a-t-elle quitté la maison ?

Il y avait, maintenant, un peu de roseur à ses pommettes.

— Quinze ans.

Sa voix était plus sèche.

— Sans prévenir ?

Elle fit oui de la tête.

— Avec un homme ?

Elle haussa les épaules.

— Je ne sais pas. Cela ne change rien.

Il ne restait plus dans la salle que les joueurs de dominos qui remettaient ceux-ci dans la boîte et frappaient la table avec une pièce de monnaie. Mme Calas comprit et alla remplir leur verre.

— Ce n'est pas Maigret ? questionna l'un d'eux à mi-voix.

— Oui.

— Qu'est-ce qu'il veut ?

— Il ne me l'a pas dit.

Pas plus qu'elle ne le lui avait demandé. Elle se dirigea vers la cuisine, revint au bar, murmura :

— Quand vous aurez fini, il sera temps que je mange.

— Où prenez-vous vos repas ?

— Là ! dit-elle en désignant une des tables du fond.

— Je n'en ai plus pour longtemps. Votre mari

a-t-il eu, il y a quelques années, une crise d'appendicite ?

— Il y a cinq ou six ans. On l'a opéré.

— Qui ?

— Le nom va me revenir. Attendez. Le docteur Gran... Granvalet. C'est cela ! Il habitait le boulevard Voltaire.

— Il n'y habite plus ?

— Il est mort. C'est en tout cas ce qu'un client, qui s'est fait opérer par lui, lui aussi, nous a appris.

Par Granvalet, si celui-ci avait vécu, on aurait pu savoir si Omer Calas portait des cicatrices en arc-en-ciel sur le ventre. Il faudrait, le lendemain, essayer ses assistants et les infirmières. Pour autant, bien entendu, qu'Omer n'ait pas été retrouvé vivant dans un village des environs de Poitiers.

— Votre mari, jadis, il y a très longtemps, a-t-il reçu une décharge de plombs de chasse ?

— Pas depuis que je le connais.

— Il n'était pas chasseur ?

— Peut-être lui arrivait-il de chasser quand il vivait à la campagne.

— Vous n'avez jamais remarqué, sur son ventre, des cicatrices assez effacées qui forment un arc de cercle ?

Elle parut réfléchir, fronça les sourcils, hocha enfin la tête.

— Vous êtes sûre ?

— Il y a longtemps que je ne le regarde plus de si près.

— Vous l'avez aimé ?

— Je ne sais pas.

— Combien de temps a-t-il été votre seul amant ?

— Des années.

Elle avait mis dans ces mots-là une résonance particulière.

— Vous vous êtes connus très jeunes ?

— Nous sommes du même village.

— Où ?

— Un hameau à peu près à mi-distance entre Montargis et Gien. Cela s'appelle Boissancourt.

— Vous y retournez quelquefois ?

— Jamais.

— Vous n'y êtes jamais retournée ?

— Non.

— Depuis que vous êtes avec Omer ?

— J'avais dix-sept ans quand je suis partie.

— Vous étiez enceinte ?

— De six mois.

— Les gens le savaient ?

— Oui.

— Vos parents aussi ?

Toujours avec la même simplicité, qui avait quelque chose d'hallucinant, elle laissa tomber un sec :

— Oui.

— Vous ne les avez pas revus ?

— Non.

Lapointe, qui avait fini de donner des instructions à Lucas, sortait de la cabine en s'épongeant.

— Qu'est-ce que je vous dois ? demanda Maigret.

Elle posa sa première question :

— Vous partez ?

Et ce fut son tour de répondre par un monosyllabe :

— Oui.

4

Le jeune homme sur le toit

Maigret avait hésité à sortir sa pipe de sa poche, ce qui lui arrivait dans bien peu d'endroits, et, quand il l'avait fait, il avait pris l'air innocent de quelqu'un qui occupe machinalement ses doigts tout en parlant.

Tout de suite après le rapport, qui n'avait pas été long, dans le bureau du chef, et après un entretien avec celui-ci devant la fenêtre ouverte, il était passé, par la petite porte, des locaux de la P.J. à ceux du Parquet. C'était l'heure où presque tous les bancs étaient occupés dans le couloir des juges d'instruction, car deux paniers à salade venaient d'arriver dans la cour. Parmi les détenus qui attendaient, menottes aux poignets, entre deux gardes, il y en avait plus des trois quarts que Maigret connaissait et quelques-uns, sans paraître lui en vouloir, le saluèrent au passage.

Deux ou trois fois, la veille, le juge Coméliau avait téléphoné à son bureau. Il était maigre, nerveux, avec de petites moustaches brunes qui devaient être teintes et un maintien d'officier de cavalerie. Sa première phrase avait été :

— Dites-moi exactement où vous en êtes.

Docile, Maigret venait d'accéder à son désir, parlant des découvertes successives de Victor dans le fond du Canal Saint-Martin, de la tête introuvable, et, à ce point-là, déjà, il avait été interrompu.

— Je suppose que le scaphandrier continue ses recherches aujourd'hui ?

— Je n'ai pas cru que ce soit nécessaire.

— Il semblerait pourtant que, si on a retrouvé le tronc et les membres dans le canal, la tête ne soit pas loin.

C'était bien ce qui rendait les rapports avec lui si difficiles. Il n'était pas le seul juge d'instruction dans son cas, mais c'était sans contredit le plus agressif. Dans un sens, il n'était pas bête. Un avocat, qui avait fait jadis son Droit avec lui, affirmait que Coméliau avait été un des étudiants les plus brillants de sa génération.

Il fallait supposer que son intelligence était incapable de s'appliquer à certaines réalités. Il appartenait à un milieu déterminé, à une grande bourgeoisie aux principes rigides, aux tabous plus sacrés encore, et il ne pouvait s'empêcher de tout juger en vertu de ces principes et de ces tabous.

Patiemment, le commissaire expliquait :

— D'abord, monsieur le juge, Victor connaît le canal comme vous connaissez votre bureau et comme je connais le mien. Il en a parcouru le fond, mètre par mètre, plus de deux cents fois. C'est un garçon consciencieux. S'il dit que la tête n'est pas là...

— Mon plombier est un homme qui connaît son métier aussi et qui passe pour consciencieux. N'empêche que, quand je le fais venir, il commence toujours par m'affirmer qu'il est impossible que quelque chose soit défectueux dans la tuyauterie.

— Il est rare, dans le cas d'un cadavre coupé en morceaux, qu'on retrouve la tête dans les mêmes parages que le corps.

Coméliau s'efforçait de comprendre, observait Maigret avec de petits yeux vifs, tandis que le commissaire continuait :

— Cela s'explique. Autant il est difficile d'identifier des membres dépecés, surtout s'ils ont séjourné un certain temps dans l'eau, autant une tête est aisément reconnaissable. Comme c'est moins encombrant qu'un tronc, il est logique que celui qui veut s'en débarrasser se donne la peine de s'éloigner davantage.

— Supposons qu'il en soit ainsi.

Sans en avoir l'air, Maigret avait alors sa blague à tabac dans la main gauche et n'attendait qu'un moment d'inattention de son interlocuteur pour bourrer sa pipe.

Il parla de Mme Calas, décrivit le bar du quai de Valmy.

— Qu'est-ce qui vous a conduit chez elle ?

— Le hasard, je l'avoue. J'avais à téléphoner. Dans un autre bar, le téléphone se trouvait à portée d'oreille de chacun, sans cabine.

— Continuez.

Il mentionna le départ de Calas, le train de Poitiers, les relations de la tenancière avec Antoine Cristin, le garçon au triporteur, sans omettre les cicatrices en forme de croissant.

— Vous dites que cette femme prétend ignorer si son mari avait ou non ces cicatrices ? Et vous la croyez de bonne foi ?

Cela indignait le juge, dépassait son entendement.

— Pour parler franc, Maigret, ce que je ne comprends pas, c'est que vous n'ayez pas emmené cette femme et ce garçon dans votre bureau pour leur faire subir un de ces interrogatoires qui vous réussissent d'habitude. Je suppose que vous ne croyez pas un mot de ce qu'elle vous a raconté ?

— Pas nécessairement.

— Prétendre qu'elle ignore où est allé son mari et quand il rentrera...

Comment un Coméliau, qui vivait toujours dans l'appartement de la Rive Gauche, face au Luxembourg, où il était né, aurait-il pu se faire une idée de la mentalité des Calas ?

Le tour n'en était pas moins joué : une allumette avait jeté une brève lueur et la pipe de Maigret était allumée. Coméliau, qui avait la phobie du tabac, allait la regarder fixement, comme chaque fois qu'on avait l'outrecuidance de fumer dans son cabinet, mais le commissaire était bien décidé à conserver son air candide.

— Il est possible, concédait-il, que tout ce qu'elle m'a dit soit faux. Il est possible aussi que ce soit vrai. Nous avons repêché du canal les tronçons d'un corps sans tête. Il peut s'agir de n'importe quel homme de quarante-cinq à cinquante-cinq ans. Jusqu'ici, rien ne permet de l'identifier. Combien d'hommes de cet âge ont-ils disparu pendant les derniers jours et combien sont partis en voyage sans annoncer leur destination exacte ? Vais-je faire comparaître Mme Calas dans mon bureau et la traiter en suspecte parce qu'elle a l'habitude de boire en cachette, parce qu'elle a pour amant un jeune

76

garçon qui conduit un triporteur et qui s'enfuit à l'approche de la police ? De quoi aurons-nous l'air si, demain ou tout à l'heure, on découvre quelque part une tête qui ne soit pas celle de Calas ?

— Vous faites surveiller sa maison ?

— Judel, du Xe Arrondissement, a mis un homme en faction sur le quai. Hier soir, après le dîner, je suis retourné faire un tour là-bas.

— Vous n'avez rien découvert de nouveau ?

— Rien de précis. J'ai interrogé, à mesure que je les rencontrais dans la rue, un certain nombre de filles. L'atmosphère du quartier est différente la nuit de ce qu'elle est en plein jour. Je voulais surtout savoir si, vendredi soir, personne n'a remarqué d'allées et venues suspectes aux alentours du café et si on n'a rien entendu.

— Rien ?

— Pas grand-chose. Une des filles m'a cependant fourni une indication que je n'ai encore pu contrôler.

» D'après elle, la femme Calas aurait un autre amant, un homme entre deux âges, aux cheveux roux, qui semble habiter le quartier ou y travailler. La fille qui m'en a parlé, il est vrai, est pleine de rancune, car elle prétend que la tenancière du petit bar leur fait du tort à toutes.

» — Si encore, m'a-t-elle dit, elle se faisait payer, on n'aurait rien à dire. Mais, avec elle, cela ne coûte rien. Quand les hommes sont en peine, ils savent où s'adresser. Il suffit d'attendre que le patron ait le dos tourné. Je ne suis pas allée y voir, bien sûr, mais on affirme qu'elle ne dit jamais non.

Coméliau soupira douloureusement à l'énoncé de ces turpitudes.

— Vous agirez comme vous voudrez, Maigret. Pour moi, tout cela paraît assez clair. Et il ne s'agit pas de gens avec qui il soit nécessaire de mettre des gants.

— Je la reverrai tout à l'heure. Je verrai aussi sa fille. Enfin, j'espère obtenir des renseignements au sujet de l'identité du corps par les infirmières qui ont assisté, voilà cinq ans, à l'opération de Calas.

Il y avait à ce sujet-là un détail curieux. La veille au soir, alors qu'il rôdait dans le quartier, Maigret était entré un moment dans le bistrot où Mme Calas était assise sur une chaise, à moitié endormie, tandis que quatre hommes jouaient aux cartes. Il lui avait demandé à quel hôpital son mari avait eu l'appendice enlevé.

Calas, pour autant qu'on en savait, était plutôt un dur, un homme qu'on n'imaginait pas douillet, anxieux de sa santé, hanté par la peur de mourir. Il n'avait eu à subir qu'une opération courante, sans gravité, comme sans risque.

Or, au lieu d'aller à l'hôpital, il avait dépensé une somme assez considérable pour se faire opérer dans une clinique privée de Villejuif. Non seulement c'était une clinique privée, mais elle était tenue par des religieuses qui y servaient comme infirmières.

Lapointe devait être là-bas à l'heure qu'il était et ne tarderait pas à téléphoner son rapport.

— Pas de mollesse, Maigret ! articula Coméliau alors que le commissaire gagnait la porte.

Il ne s'agissait pas de mollesse. Il ne s'agissait pas de pitié non plus, mais c'était impossible à expliquer à un Coméliau. D'une minute à l'autre, Maigret s'était trouvé plongé dans un monde si différent du monde de tous les jours qu'il n'avançait qu'à tâtons. Le petit café du quai de Valmy et ses habitants avaient-ils quelque chose à voir avec le corps jeté dans le Canal Saint-Martin ? C'était possible, comme il était possible qu'on soit en présence de coïncidences.

Il regagna son bureau et il commençait à prendre l'air grognon, maussade, qui lui venait presque toujours à une certaine étape d'une enquête. La veille, il faisait des découvertes et les emmagasinait sans se demander où elles le conduiraient. Maintenant, il se trouvait en face de bouts de vérité qu'il ne savait comment relier les uns aux autres.

Mme Calas n'était plus seulement un personnage pittoresque comme il en avait rencontré quelques-uns au cours de sa carrière, elle présentait à ses yeux un problème humain.

Pour Coméliau, c'était une ivrognesse dévergondée, qui couchait avec n'importe qui.

Pour lui, c'était autre chose, il ne savait pas encore quoi au juste, et, tant qu'il l'ignorerait, tant qu'il ne « sentirait » pas la vérité, il resterait en proie à un vague malaise.

Lucas était dans son bureau, à déposer du courrier sur le buvard.

— Rien de nouveau ?

— Vous étiez dans la maison, patron ?

— Chez Coméliau.

— Si j'avais su, je vous aurais branché la communication. Il y a du nouveau, oui. Judel est dans tous ses états.

Maigret pensa à Mme Calas et se demanda ce qui lui était arrivé, mais ce n'était pas d'elle qu'il s'agissait.

— C'est au sujet du jeune homme, Antoine, si j'ai bien compris.

— Oui. Antoine. Il a encore disparu ?

— C'est cela. Il paraît que vous avez demandé, hier soir, qu'un inspecteur s'accroche à ses talons. Le jeune homme est rentré directement chez lui, Faubourg Saint-Martin, presque au coin de la rue Louis-Blanc. L'inspecteur que Judel avait chargé de la planque a interrogé la concierge. Le garçon habite avec sa mère, qui est femme de ménage, au septième étage de l'immeuble. Ils occupent deux pièces mansardées. Il n'y a pas d'ascenseur. Je vous répète ces détails comme Judel me les a fournis. Il paraît que la maison est une de ces grandes bâtisses affreuses, où s'entassent cinquante ou soixante ménages et où la marmaille déborde dans les escaliers.

— Continue.

— C'est à peu près tout. D'après la concierge, la mère du jeune homme est une femme méritante et courageuse. Son mari est mort dans un sanatorium. Elle a été tuberculeuse aussi, prétend qu'elle est guérie, mais la concierge en doute. Pour en revenir à l'inspecteur, il a téléphoné à Judel afin de demander des instructions. Judel n'a pas voulu prendre de risques et lui a ordonné de surveiller l'immeuble. Il est resté dehors jusqu'à minuit environ, après quoi il est entré avec les derniers locataires et a passé la nuit dans l'escalier.

» Ce matin, un peu avant huit heures, la concierge lui a désigné une femme maigre qui passait devant la loge et lui a appris que c'était la mère d'Antoine. L'inspecteur n'avait aucune raison de l'interpeller ou de la suivre. Ce n'est qu'une demi-heure plus tard, par désœuvre-

ment, qu'il a eu la curiosité de monter au septième étage.

» Cela lui a paru curieux que le garçon ne
sorte pas à son tour pour aller à son travail. Il
a collé l'oreille à la porte, n'a rien entendu, a
frappé. En fin de compte, s'apercevant que la
serrure était des plus simples, il a essayé son
passe-partout.

» Il a vu un lit dans la première pièce, qui est
en même temps la cuisine, le lit de la mère, et,
dans la chambre voisine, un autre lit, défait.
Mais il n'y avait personne, et la lucarne était
ouverte.

» Judel est vexé de n'avoir pas pensé à cela et
de ne pas avoir donné d'ordres en conséquence.
Il est évident qu'au cours de la nuit le gamin est
passé par la lucarne et a cheminé sur les toits
en quête d'une autre lucarne ouverte. Il est probablement sorti par un immeuble de la rue
Louis-Blanc.

— On est sûr qu'il n'est plus dans la maison ?

— Ils sont occupés à interroger les locataires.

Maigret pouvait imaginer le sourire ironique
du juge Coméliau en apprenant cette nouvelle.

— Lapointe ne m'a pas appelé ?

— Pas encore.

— Personne ne s'est présenté à l'Institut
Médico-Légal pour reconnaître le corps ?

— Rien que des clients habituels.

On en comptait à peu près une douzaine, surtout des femmes d'un certain âge qui, chaque
fois qu'on découvre un corps non identifié, se
précipitent pour le reconnaître.

— Le docteur Paul n'a pas téléphoné ?

— Je viens de placer son rapport sur votre
bureau.

— Si Lapointe appelle, dis-lui de revenir au Quai et de m'attendre. Je ne suis pas loin.

Il se dirigea, à pied, vers l'île Saint-Louis, contourna Notre-Dame, franchit la passerelle de fer et se trouva un peu plus tard dans l'étroite et populeuse rue Saint-Louis-en-l'Ile. C'était l'heure où les ménagères faisaient leur marché et il n'était pas facile de se faufiler entre elles et les petites charrettes. Maigret trouva l'épicerie au-dessus de laquelle, selon Mme Calas, sa fille, qui s'appelait Lucette, occupait une chambre. Il suivit l'allée à côté de la boutique, atteignit une cour aux pavés inégaux à laquelle un tilleul donnait l'air d'une cour d'école de campagne ou de presbytère.

— Vous cherchez quelqu'un ? lui cria une voix de femme, par une fenêtre du rez-de-chaussée.

— Mlle Calas.

— Au troisième à gauche, mais elle n'est pas chez elle.

— Vous ne savez pas quand elle rentrera ?

— C'est rare qu'elle revienne déjeuner. On ne la revoit guère que vers six heures et demie. Si c'est urgent, vous la trouverez à l'hôpital.

L'Hôtel-Dieu, où Lucette Calas travaillait, n'était pas loin. Ce n'en fut pas moins compliqué d'arriver au service du professeur Lavaud, car c'était l'heure la plus mouvementée de la journée, des hommes et des femmes en uniforme blanc, des infirmiers poussant des civières, des malades aux pas indécis ne cessaient d'aller et venir dans les couloirs, franchissant des portes qui menaient Dieu sait où.

— Mlle Calas s'il vous plaît ?

On le regardait à peine.

— Connais pas. C'est une malade ?

Ou bien on lui désignait le fond d'un corridor :

— Par là-bas...

On l'envoya ainsi dans trois ou quatre directions différentes jusqu'à ce qu'il atteignît enfin, comme un port, un corridor soudain calme où une jeune fille était assise devant une petite table.

— Mademoiselle Calas ?

— C'est personnel ? Comment êtes-vous venu jusqu'ici ?

Il avait dû s'égarer dans une région qui n'était pas accessible au commun des mortels. Il se nomma, montra même sa médaille, tant il sentait qu'ici son prestige était faible.

— Je vais voir si elle peut se déranger. Je crains qu'elle se trouve dans la salle d'opération.

On le laissa seul pendant dix bonnes minutes et il n'osait pas fumer. Quand la jeune fille revint, elle était suivie d'une infirmière assez grande, au visage calme et serein.

— C'est vous qui demandez à me parler ?

— Commissaire Maigret, de la Police Judiciaire.

A cause de l'atmosphère claire et nette de l'hôpital, de l'uniforme blanc, du bonnet d'infirmière, le contraste était encore plus frappant avec le bar du quai de Valmy.

Lucette Calas, sans se troubler, le regardait avec étonnement, comme quelqu'un qui ne comprend pas.

— C'est bien moi que vous voulez voir ?

— Vos parents habitent bien le quai de Valmy ?

Ce fut très rapide, mais le commissaire fut

certain de voir comme un éclat plus dur dans ses yeux.

— Oui. Mais je...

— Je désire seulement vous poser quelques questions.

— Le professeur ne va pas tarder à avoir besoin de moi. C'est l'heure où il fait sa tournée des malades et...

— Je n'en ai que pour quelques minutes.

Elle se résigna, regarda autour d'elle, avisa une porte entrouverte.

— Nous pouvons entrer ici.

Il y avait deux chaises, un lit articulé, des instruments qui devaient servir à la chirurgie et que Maigret ne connaissait pas.

— Y a-t-il longtemps que vous êtes allée voir vos parents ?

Il nota un tressaillement, au mot « parents », et crut comprendre.

— J'y vais aussi rarement que possible.

— Pourquoi ?

— Vous les avez vus ?

— J'ai vu votre mère.

Elle n'ajoutait rien, comme si l'explication était suffisante.

— Vous leur en voulez ?

— Je ne peux guère leur en vouloir que de m'avoir mise au monde.

— Vous n'êtes pas allée là-bas vendredi dernier ?

— Je n'étais même pas à Paris, mais à la campagne avec des amis, car c'était mon jour de congé.

— Vous ne savez donc pas si votre père est en voyage ?

— Pourquoi ne me dites-vous pas la raison de

84

ces questions ? Vous venez ici me parler de gens qui sont officiellement mes parents mais avec qui, depuis longtemps, je me sens étrangère. Pourquoi ? Leur est-il arrivé quelque chose ?

Elle alluma une cigarette, dit en passant :

— Ici, on peut fumer. Tout au moins à cette heure-ci.

Mais il n'en profita pas pour sortir sa pipe.

— Cela vous surprendrait qu'il soit arrivé quelque chose à l'un ou à l'autre ?

Elle le regarda en face, laissa tomber :

— Non.

— Qu'est-ce qui aurait pu arriver, par exemple ?

— Que Calas, à force de taper sur ma mère, l'ait abîmée.

Elle n'avait pas dit « mon père », mais « Calas ».

— Il lui arrive souvent de la battre ?

— Je ne sais plus maintenant. Jadis, c'était presque quotidien.

— Votre mère ne protestait pas ?

— Elle baissait la tête sous les coups. Je me demande si elle n'aime pas ça.

— Qu'aurait-il pu arriver d'autre ?

— Qu'elle se décide à verser du poison dans sa soupe.

— Elle le hait ?

— Tout ce que je sais c'est que voilà vingt-quatre ans qu'elle vit avec lui sans essayer de lui échapper.

— Vous la croyez malheureuse ?

— Voyez-vous, monsieur le commissaire, j'essaie de ne pas y penser du tout. Enfant, je n'avais qu'un rêve : m'en aller. Et, dès que j'en ai été capable, je suis partie.

— Vous aviez quinze ans, je sais.

— Qui vous l'a dit ?

— Votre mère.

— Il ne l'a donc pas tuée.

Elle parut réfléchir, releva la tête.

— C'est lui ?

— Que voulez-vous dire ?

— Elle l'a empoisonné ?

— Ce n'est pas probable. Il n'est même pas certain qu'il lui soit arrivé malheur. Votre mère prétend qu'il est parti vendredi après-midi pour les environs de Poitiers où il a, paraît-il, l'habitude d'acheter son vin blanc.

— C'est exact. Ces voyages-là avaient déjà lieu de mon temps.

— Or, on a retiré du Canal Saint-Martin un corps qui pourrait être le sien.

— Personne ne l'a identifié ?

— Jusqu'ici, non. Cette identification est d'autant plus difficile que nous n'avons pas retrouvé la tête.

Peut-être parce qu'elle travaillait dans un hôpital, elle n'eut même pas un haut-le-corps.

— Que croyez-vous qu'il lui soit arrivé ? questionna-t-elle.

— Je l'ignore. Je cherche. Il semble y avoir un certain nombre d'hommes mêlés à la vie de votre mère. Je vous demande pardon de vous en parler.

— Si vous vous figurez que c'est nouveau !

— Votre père, jadis, dans son adolescence ou dans son enfance, a-t-il reçu une charge de plombs de chasse dans le ventre ?

Elle se montra surprise.

— Je n'en ai jamais entendu parler.

86

— Bien entendu, vous n'avez jamais vu de cicatrices ?

— Si c'est sur le ventre... fit-elle avec un léger sourire.

— Quand êtes-vous allée quai de Valmy pour la dernière fois ?

— Attendez ! Il doit bien y avoir un mois de ça.

— Vous y êtes allée en visite, comme on va voir ses parents ?

— Pas exactement.

— Calas était là ?

— Je m'arrange pour y aller quand il n'y est pas.

— L'après-midi ?

— Oui. Il a l'habitude de jouer au billard du côté de la gare de l'Est.

— Il n'y avait pas d'homme avec votre mère ?

— Pas ce jour-là.

— Vous aviez un dessein précis en lui rendant visite ?

— Non.

— De quoi avez-vous parlé ?

— Je ne sais plus. De choses et d'autres.

— Il a été question de Calas ?

— J'en doute.

— Est-ce que, par hasard, vous n'alliez pas chez votre mère pour lui demander de l'argent ?

— Vous faites fausse route, monsieur le commissaire. A tort ou à raison, je suis plus fière que ça. Il y a eu des époques où j'ai manqué d'argent, et même où j'ai eu faim, mais je ne suis jamais allée frapper à leur porte pour mendier leur aide. A plus forte raison maintenant que je gagne bien ma vie.

— Vous ne vous souvenez de rien de ce qui

s'est dit au cours de votre dernière entrevue quai de Valmy ?

— De rien de précis.

— Parmi les hommes qu'il vous arrivait de rencontrer au bar, y avait-il un jeune homme sanguin qui conduit un triporteur ?

Elle fit non de la tête.

— Et un homme entre deux âges, aux cheveux roux ?

Cette fois, elle réfléchit.

— Il a le visage marqué de petite vérole ? questionna-t-elle.

— Je l'ignore.

— Si oui, c'est M. Dieudonné.

— Qui est M. Dieudonné ?

— Je n'en sais guère davantage. Un ami de ma mère. Il y a des années qu'il est client du café.

— Un client de l'après-midi ?

Elle comprit.

— C'est en tout cas l'après-midi qu'il m'est arrivé de le voir. Peut-être n'est-ce pas ce que vous croyez. Je ne garantis rien. Il m'a fait l'effet d'un homme tranquille, qu'on imagine, le soir, en pantoufles, au coin du feu. C'est d'ailleurs presque toujours assis devant le poêle, en face de ma mère, que je l'ai aperçu. Ils avaient l'air de se connaître depuis longtemps, de ne plus se mettre en frais l'un pour l'autre. Vous comprenez ? On aurait pu les prendre pour un vieux couple.

— Vous n'avez pas la moindre idée de son adresse ?

— Je l'ai entendu dire en se levant, d'une voix feutrée que je reconnaîtrais :

» — Il est temps que j'aille au travail.

88

» Je suppose qu'il travaille dans le quartier, mais j'ignore ce qu'il fait. Il n'est pas habillé comme un ouvrier. Je le prendrais plutôt pour quelqu'un qui tient les écritures.

Ils entendirent une sonnerie dans le couloir et la jeune fille se leva d'une détente automatique.

— C'est pour moi, dit-elle. Je vous demande pardon.

— Il est possible que j'aille vous relancer rue Saint-Louis-en-l'Ile.

— Je n'y suis que le soir. Ne venez pas trop tard, car je me couche de bonne heure.

Il la vit, tout en suivant le couloir, hocher la tête comme quelqu'un qui n'est pas encore habitué à une idée nouvelle.

— Excusez moi, mademoiselle. La sortie, s'il vous plaît ?

Il paraissait si perdu que la jeune fille assise au bureau sourit et le précéda dans le corridor jusqu'à un escalier.

— A partir d'ici, vous êtes sauf. Une fois en bas, vous tournez à gauche, puis une seconde fois à gauche.

— Je vous remercie.

Il n'osa pas lui demander ce qu'elle pensait de Lucette Calas. Quant à ce qu'il en pensait lui-même, il aurait été en peine de le dire.

Il s'arrêta un instant pour un vin blanc, en face du Palais de Justice. Quand, un peu plus tard, il se retrouva Quai des Orfèvres, Lapointe était arrivé et l'attendait.

— Alors, les bonnes sœurs ?

— Elles ont été tout ce qu'il y a de gentilles. J'avais peur de me sentir mal à l'aise, mais elles m'ont si bien reçu que...

— Les cicatrices ?

Lapointe n'était pas aussi enchanté du résultat obtenu.

— D'abord, le médecin qui a pratiqué l'opération est mort il y a trois ans, comme Mme Calas nous l'a dit. La religieuse qui dirige le secrétariat a retrouvé le dossier. On n'y mentionne pas de cicatrices, ce qui est assez naturel mais, par contre, j'ai appris que Calas souffrait d'un ulcère à l'estomac.

— On a opéré l'ulcère ?

— Non. Avant une opération, ils font, paraît-il, un examen complet dont ils consignent les résultats.

— Il n'est pas question de signes distinctifs ?

— Rien de ce genre. Gentiment, la religieuse est allée questionner des bonnes sœurs qui auraient pu avoir assisté à l'opération. Aucune d'elles ne se souvient de Calas avec précision. Une seule croit se rappeler qu'avant d'être endormi il a demandé qu'on lui laisse le temps de faire une prière.

— Il était catholique ?

— Non. Il avait peur. Ce sont des détails que les bonnes sœurs n'oublient pas. Les cicatrices ne les ont pas frappées.

On en restait au même point, en présence d'un corps sans tête qu'il était impossible d'identifier de façon certaine.

— Qu'est-ce que nous faisons ? murmurait Lapointe qui, devant un Maigret bougon, préférait parler bas.

N'était-ce pas le juge Coméliau qui avait raison ? Si le mort du Canal Saint-Martin était Omer Calas, il y avait des chances, en faisant subir à sa femme un interrogatoire serré, d'obtenir des renseignements précieux. Un tête-à-tête avec Antoine, le gamin au triporteur, quand on mettrait la main sur lui, ne serait sans doute pas sans résultats non plus.

— Viens.

— Je prends l'auto ?

— Oui.

— Où allons-nous ?

— Au canal.

En passant, il chargerait les inspecteurs du Xᵉ Arrondissement de chercher dans les environs un homme roux, avec des marques de petite vérole, répondant au prénom de Dieudonné.

La voiture se faufilait entre les autobus et les camions, atteignait le boulevard Richard-Lenoir, non loin de l'appartement de Maigret, quand le commissaire grommela soudain :

— Passe par la gare de l'Est.

Lapointe le regarda avec l'air de ne pas comprendre.

— L'idée ne vaut peut-être rien, mais je préfère vérifier. On nous raconte que Calas est parti vendredi après-midi en emportant une valise. Supposons qu'il soit rentré le samedi. Si c'est lui qu'on a assassiné et découpé en morceaux, il a fallu qu'on se débarrasse de cette valise. Je suis persuadé qu'elle n'est plus quai de Valmy et que nous n'y trouverons pas non plus les vêtements qu'il est censé avoir emportés en voyage.

Lapointe suivait son raisonnement en hochant la tête.

— On n'a pas retrouvé de valise dans le canal, ni de vêtements alors que le cadavre a été déshabillé avant d'être dépecé.

— Et on n'a pas retrouvé la tête ! précisa Lapointe.

91

L'hypothèse de Maigret n'avait rien d'original. Ce n'était qu'une question de routine. Six fois sur dix, quand des personnes coupables de meurtre veulent se débarrasser d'objets compromettants elles se contentent d'aller les déposer à une consigne de gare.

Or, la gare de l'Est est à deux pas du quai de Valmy. Lapointe finissait par trouver le moyen d'y parquer la voiture, suivait Maigret dans la salle des pas perdus.

— Vous étiez de service vendredi après-midi ? demanda-t-il à l'employé de la consigne.

— Seulement jusqu'à six heures.

— On a déposé beaucoup de bagages ?

— Pas plus que les autres jours.

— Y en a-t-il, parmi ceux déposés vendredi, qui n'aient pas encore été retirés ?

L'employé se retourna vers les planches sur lesquelles des valises et des colis divers étaient alignés.

— Deux ! répondit-il.

— Appartenant à la même personne ?

— Non. Les numéros ne se suivent pas. D'ailleurs, le cageot recouvert de toile a été déposé par une grosse femme dont je me souviens, car j'ai remarqué qu'elle sentait le fromage.

— Ce sont des fromages ?

— Je n'en sais rien. Non, au fait. Cela ne sent plus. Peut-être était-ce la femme qui sentait ?

— Et le second colis ?

— C'est une valise brune.

Il désignait du doigt une valise bon marché qui avait beaucoup servi.

— Elle ne porte pas de nom ni d'adresse ?

— Non.

— Vous ne vous rappelez pas la personne qui l'a apportée ?

— Je peux me tromper, mais je jurerais que c'était un jeune homme de la campagne.

— Pourquoi de la campagne ?

— Il en avait l'air.

— Parce qu'il avait le teint coloré ?

— Peut-être.

— Comment était-il habillé ?

— Je crois qu'il avait un blouson de cuir et une casquette.

Maigret et Lapointe se regardaient, pensant tous les deux à Antoine Cristin.

— Quelle heure pouvait-il être ?

— Aux alentours de cinq heures. Oui. Un peu après cinq heures, car le rapide de Strasbourg venait d'entrer en gare.

— Si on venait pour réclamer la valise, voulez-vous téléphoner tout de suite au poste de police du quai de Jemmapes ?

— Et si le type prend peur et s'en va ?

— De toute façon, nous serons ici dans quelques minutes.

Il n'y avait qu'un moyen d'identifier la valise, c'était d'aller chercher Mme Calas et de la lui montrer. Elle regarda avec indifférence les deux hommes entrer dans le café et se dirigea vers le comptoir pour les servir.

— Nous ne boirons rien maintenant, dit Maigret. Nous sommes venus vous chercher afin que vous identifiez un objet qui se trouve non loin d'ici. Mon inspecteur va vous accompagner.

— Il faut que je ferme la maison ?

— Ce n'est pas la peine, car vous serez de retour dans quelques minutes. Je reste.

Elle ne mit pas de chapeau, se contenta de troquer ses pantoufles contre des souliers.

— Vous allez servir les clients ?

— Je n'en aurai probablement pas l'occasion.

Quand la voiture s'éloigna, avec Lapointe au volant et Mme Calas à côté de lui, Maigret resta un moment campé sur le seuil, un drôle de sourire aux lèvres. C'était la première fois de sa carrière qu'il restait seul dans un petit café comme s'il en était le propriétaire et l'idée l'amusa tellement qu'il se glissa derrière le comptoir.

5

La bouteille d'encre

Les rayons de soleil formaient, aux mêmes endroits que la veille au matin, des dessins dont un, en forme d'animal, sur le coin arrondi du comptoir d'étain ; et il y en avait un autre sur un chromo représentant une femme en robe rouge qui tendait un verre de bière mousseuse.

Comme Maigret l'avait déjà senti la veille, ce petit café-là, à l'instar de beaucoup de cafés et de bars de Paris, avait plutôt l'atmosphère d'une de ces auberges de campagne, vides pendant la plus grande partie de la semaine, mais qui se remplissent soudain le jour du marché.

Peut-être la tentation lui vint-elle de se servir lui-même à boire, mais c'était une envie enfantine dont il rougit et, les mains dans les poches, la pipe aux dents, il se dirigea vers la porte du fond.

Il n'avait pas encore vu ce qu'il y avait derrière cette porte-là, par laquelle Mme Calas disparaissait souvent. Comme il s'y attendait, il trouva une cuisine où régnait un certain désordre, mais moins sale qu'il l'avait pensé. Tout de suite à gauche de la porte, sur un buffet en bois peint en brun, une bouteille de cognac était entamée. Ce n'était donc pas du vin que la tenancière buvait ainsi à longueur de journée, mais de l'alcool, et comme on ne voyait pas de verre à côté, elle devait avoir l'habitude de le prendre à même le goulot.

Une fenêtre donnait sur la cour, ainsi qu'une porte vitrée qui n'était pas fermée à clef et qu'il ouvrit. Des fûts vides s'alignaient dans un coin, des paillons qui avaient enveloppé des bouteilles s'entassaient, des seaux défoncés, des cercles de fer rouillés, et il se sentit si loin de Paris, l'illusion fut si forte, qu'il n'aurait pas été surpris d'apercevoir un tas de fumier et des poules.

La cour donnait sur une impasse aux murs sans fenêtres qui devait déboucher sur une rue latérale.

Machinalement, il leva les yeux vers les fenêtres du premier étage du bistrot, dont les vitres n'avaient pas été lavées depuis longtemps et où pendaient des rideaux décolorés. Se trompa-t-il ? Il lui sembla que quelque chose avait bougé derrière ces vitres. Or, il se souvenait d'avoir vu le chat couché près du poêle.

Il rentra dans la cuisine, sans se presser, s'engagea dans l'escalier tournant qui conduisait à l'étage. Les marches craquaient. Il n'y avait pas jusqu'à une vague odeur de moisissure qui ne lui rappelât les auberges où il lui était arrivé de dormir dans de petits villages.

Deux portes donnaient sur le palier. Il en poussa une et se trouva dans ce qui devait être la chambre des Calas. Elle prenait jour sur le quai. Le lit de noyer, à deux places, n'avait pas été fait ce matin-là et les draps en étaient assez propres. Le mobilier ressemblait à celui qu'il aurait trouvé dans n'importe quel logement de ce genre, des meubles anciens, qu'on se transmet de père en fils, lourds et polis par le temps.

Dans l'armoire, des vêtements d'homme pendaient. Entre les fenêtres se trouvait un fauteuil recouvert de reps grenat et, à côté, une radio d'ancien modèle. Au milieu de la pièce, enfin, une table ronde était recouverte d'un tissu d'une couleur indéfinissable et flanquée de deux chaises en acajou.

Il se demanda ce qui, dès l'entrée, l'avait frappé, dut faire plusieurs fois des yeux le tour de la chambre avant que son regard se posât à nouveau sur le tapis de table. Un flacon d'encre, qui paraissait neuf, y était posé, un porte-plume et enfin un de ces buvards-réclames comme ceux que, dans les cafés, on met à la disposition des clients.

Il l'ouvrit, sans s'attendre à faire une découverte, et, en effet, il n'en fit pas, ne trouva à l'intérieur que trois feuilles de papier blanc. En même temps il tendait l'oreille, croyant entendre un craquement. Ce n'était pas dans le cabinet de toilette, qui donnait directement dans la chambre. Regagnant le palier, il ouvrit la seconde porte, découvrant une autre chambre, aussi grande que la précédente, et qui, servant de grenier et de débarras, était encombrée de meubles en mauvais état, de vieux magazines, de verrerie, d'objets hétéroclites.

— Il y a quelqu'un ? questionna-t-il à voix haute, presque sûr de n'être pas seul dans la pièce.

Il resta un moment sans bouger puis, d'un

mouvement silencieux, tendit le bras vers un placard dont il ouvrit brusquement la porte.

— Pas de bêtises, cette fois-ci, commença-t-il.

Il n'était pas trop surpris de reconnaître Antoine, qui se tenait tapi au fond du placard comme une bête traquée.

— Je me doutais qu'on te retrouverait bientôt. Sors de là !

— Vous m'arrêtez ?

Le jeune homme regardait avec effroi les menottes que le commissaire avait tirées de sa poche.

— Je ne sais pas encore ce que je ferai de toi, mais je ne tiens pas à ce que tu joues une fois de plus la fille de l'air. Tends les poignets.

— Vous n'en avez pas le droit. Je n'ai rien fait.

— Tends les poignets !

Il devina que le gamin hésitait à jouer sa chance et à essayer de lui passer entre les jambes. S'avançant, il se servit de toute sa masse pour le coller contre le mur et, après que le gosse se fut un peu débattu en lui lançant des coups de pied dans les jambes, il parvint à refermer les menottes.

— Maintenant, suis-moi !

— Qu'est-ce que ma mère a dit ?

— J'ignore ce que ta mère en dira mais, nous, nous avons un certain nombre de questions à te poser.

— Je ne répondrai pas.

— Viens toujours.

Il le fit passer devant lui. Ils traversèrent la cuisine et Antoine, en arrivant dans le bar, parut saisi par le vide et par le silence.

— Où est-elle ?

— La patronne ? N'aie pas peur. Elle reviendra.

— Vous l'avez arrêtée ?

— Assieds-toi dans ce coin-là et n'en bouge pas.

— Je bougerai si je veux !

Il en avait vu tellement, de cet âge-là, dans des situations plus ou moins semblables, qu'il aurait pu prévoir chacune de ses réactions et de ses répliques.

Il n'était pas fâché, à cause du juge Coméliau, d'avoir mis la main sur Antoine, mais il ne s'attendait pas non plus à ce que le gamin lui apporte des éclaircissements.

Quelqu'un poussa la porte de la rue, un homme d'un certain âge, qui fut surpris de trouver Maigret planté au milieu du petit café et de ne pas apercevoir Mme Calas.

— La patronne n'est pas ici ?

— Elle ne tardera pas à rentrer.

L'homme vit-il les menottes ? Comprit-il que Maigret était un policier et préférait-il ne pas trop l'approcher ? Toujours est-il qu'il toucha sa casquette et s'éloigna précipitamment en balbutiant quelque chose comme :

— Je reviendrai.

Il ne devait pas avoir atteint le coin de la rue que l'auto noire s'arrêtait devant la porte et que Lapointe en sortait le premier, ouvrait la portière pour Mme Calas, prenait enfin une valise brune dans la voiture.

Elle aperçut Antoine du premier coup d'œil, fronça les sourcils, se tourna vers Maigret avec inquiétude.

— Vous ne saviez pas qu'il était chez vous ?

— Ne réponds pas ! lui lança le jeune

homme. Il n'a pas le droit de m'arrêter. Je n'ai rien fait. Je le défie de prouver que j'ai fait quelque chose de mal.

Sans s'attarder, le commissaire se tournait vers Lapointe.

— C'est la valise ?

— Au début, elle n'en a pas paru trop sûre, puis elle a dit oui, puis elle a prétendu qu'elle ne pouvait pas savoir sans l'ouvrir.

— Tu l'as ouverte ?

— J'ai préféré que vous soyez présent. J'ai remis à l'employé un reçu provisoire. Il insiste pour qu'on lui envoie le plus tôt possible une réquisition en règle.

— Tu la demanderas à Coméliau. L'employé est toujours là ?

— Je suppose. Il ne paraissait pas se disposer à quitter son service.

— Téléphone-lui. Demande-lui s'il peut se faire remplacer un quart d'heure. Cela ne doit pas être impossible. Qu'il saute dans un taxi et qu'il vienne ici.

— Je comprends, fit Lapointe en regardant Antoine.

L'homme de la consigne allait-il le reconnaître ? Si oui, tout devenait de plus en plus facile.

— Téléphone aussi à Moers. Je voudrais qu'il vienne également, pour une perquisition, en compagnie des photographes.

— Bien, patron.

Mme Calas, qui était restée, comme en visite, au milieu de la pièce, questionnait à son tour, comme Antoine l'avait fait :

— Vous m'arrêtez ?

Elle parut désemparée quand il répondit simplement :

— Pourquoi ?

— Je peux aller et venir ?

— Dans la maison, oui.

Il savait ce qu'elle voulait et, en effet, elle se dirigea vers la cuisine où elle disparut dans le coin où se trouvait la bouteille de cognac. Pour donner le change, elle remua de la vaisselle, troqua ses souliers, auxquels elle n'était pas habituée et qui devaient lui faire mal, contre ses pantoufles de feutre.

Quand elle revint, elle avait repris son aplomb et elle se dirigea vers le comptoir.

— Je vous sers quelque chose ?

— Un vin blanc, oui. Et un autre pour l'inspecteur. Peut-être Antoine a-t-il envie d'un verre de bière ?

Il se comportait en homme pas pressé. On aurait même pu croire qu'il ignorait ce qu'il ferait la minute d'après. Ayant bu une gorgée de vin, il se dirigea vers la porte à laquelle il donna un tour de clef.

— Vous avez la clef de la valise ?

— Non.

— Vous savez où elle se trouve ?

— Vraisemblablement dans « sa » poche.

Dans la poche de Calas, puisque celui-ci était censé avoir quitté la maison avec sa valise.

— Passez-moi des pinces, un outil quelconque.

Elle fut un certain temps à mettre la main sur une paire de pinces. Maigret posa la valise sur une des tables, attendant, pour forcer la serrure peu solide, que Lapointe eût fini ses appels téléphoniques.

— Je t'ai commandé un vin blanc.

— Merci, patron.

Le métal se tordit, finit par se déchirer, et Maigret souleva le couvercle. Mme Calas était restée de l'autre côté du comptoir et, si elle regardait dans leur direction, elle ne paraissait pas particulièrement intéressée.

La valise contenait un complet gris en tissu assez fin, une paire de chaussures presque neuves, des chemises, des chaussettes, rasoir, peigne et brosse à dents ainsi qu'un pain de savon enveloppé dans du papier.

— Cela appartient à votre mari ?

— Je suppose.

— Vous n'en êtes pas sûre ?

— Il possède un complet comme celui-là.

— Il n'est plus là-haut ?

— Je n'ai pas cherché.

Elle ne les aidait pas, n'essayait pas non plus de donner le change. Depuis la veille, elle répondait aux questions avec le minimum de mots et de précision, sans que pourtant cela prît le caractère agressif de l'attitude d'Antoine, par exemple.

Antoine, lui, se cabrait sous le coup de la peur. La femme, au contraire, semblait n'avoir rien à craindre. Les allées et venues des policiers, les découvertes qu'ils pouvaient faire lui étaient indifférentes.

— Tu ne remarques rien ? disait Maigret à Lapointe en fouillant la valise.

— Que tout a été fourré dedans pêle-mêle ?

— Oui. C'est ainsi, la plupart du temps, qu'un homme fait sa valise. Il y a un détail plus curieux. Calas, soi-disant, partait en voyage. Il emportait un complet de rechange ainsi que des

souliers et du linge. Théoriquement, c'est
là-haut, dans sa chambre, qu'il aurait fait sa
valise.

Deux hommes en blouse de plâtrier secouèrent
la porte, collèrent leur visage à la vitre, eurent
l'air de crier des mots qu'on n'entendit pas et
s'éloignèrent.

— Peux-tu me dire pourquoi, dans ces condi-
tions, il aurait emporté du linge sale ?

Une des deux chemises, en effet, avait été portée, ainsi qu'un caleçon et une paire de chaussettes.

— Vous pensez que ce n'est pas lui qui a placé
ces objets dans la valise ?

— C'est peut-être lui. C'est probablement lui.
Mais pas au moment de partir en voyage.
Quand il a fait sa valise, il était sur le point de
rentrer chez lui.

— Je comprends.

— Vous avez entendu, madame Calas ?

Elle fit signe que oui.

— Vous continuez à prétendre que votre mari
est parti vendredi après-midi en emportant
cette valise ?

— Je n'ai rien à changer à ce que j'ai dit.

— Vous êtes sûre qu'il n'était pas ici jeudi ?
Et que ce n'est pas le vendredi qu'il est *rentré* ?

Elle se contenta de hocher la tête.

— Vous ne croirez quand même que ce que
vous voudrez croire.

Un taxi s'arrêtait devant le bar. Maigret alla
ouvrir la porte, cependant que l'employé de la
consigne descendait de voiture.

— Vous pouvez le garder. Je ne vous retien-
drai qu'un instant.

Le commissaire le fit entrer dans le café et

l'homme, un bon moment, se demanda ce qu'on lui voulait, regarda autour de lui pour se repérer. Son regard s'arrêta sur Antoine, toujours assis dans le coin de la banquette.

Puis il se tourna vers Maigret, ouvrit la bouche, examina le jeune homme à nouveau.

Pendant tout ce temps-là, qui parut long, Antoine le fixait dans les yeux d'un air de défi.

— Je crois bien que... commença l'homme avec un geste pour se gratter la nuque.

Il était honnête, se débattait avec sa conscience.

— Voilà ! A le voir comme ça, je dirais que c'est lui.

— Vous mentez ! cria le jeune homme d'une voix rageuse.

— Peut-être vaudrait-il mieux que je le voie debout.

— Lève-toi.

— Non.

— Lève-toi !

La voix de Mme Calas fit, derrière le dos de Maigret :

— Lève-toi, Antoine.

— Comme ça, murmura l'employé après un instant de réflexion, j'hésite déjà moins. Il n'a pas un blouson de cuir ?

— Va voir là-haut, dans la chambre de derrière, dit Maigret à Lapointe.

Ils attendirent en silence. L'homme de la gare eut un coup d'œil vers le comptoir et Maigret comprit qu'il avait soif.

— Un vin blanc ? questionna-t-il.

— Ce n'est pas de refus.

Lapointe revint avec le blouson qu'Antoine portait la veille.

— Passe-le.

Le jeune homme regarda la patronne pour lui demander conseil, se résigna de mauvaise grâce, après qu'on lui eut retiré les menottes.

— Vous ne voyez pas qu'il a envie de se mettre bien avec les flics ? Ils sont tous les mêmes. On n'a qu'à leur dire « police » et ils se mettent à trembler. Alors, maintenant, est-ce que vous allez encore prétendre que vous m'avez déjà vu ?

— Je crois que oui.

— Vous mentez.

L'employé s'adressa à Maigret, d'une voix calme où tremblait quand même une certaine émotion.

— Je suppose que ma déclaration est importante ? Je ne voudrais pas faire injustement tort à quelqu'un. Ce garçon ressemble à celui qui est venu dimanche à la gare déposer la valise. Comme je ne pouvais pas prévoir qu'on me questionnerait à son sujet, je ne l'ai pas examiné attentivement. Peut-être que, si je le revoyais à la même place, dans le même éclairage...

— On vous le conduira à la gare aujourd'hui ou demain, décida Maigret. Je vous remercie. A votre santé !

Il le reconduisit à la porte, qu'il referma derrière lui. Il y avait, dans l'attitude du commissaire, comme une mollesse indéfinissable qui n'était pas sans intriguer Lapointe. Celui-ci n'aurait pas pu dire quand cela avait commencé. Peut-être bien, en réalité, dès le début de l'enquête, dès qu'ils étaient venus, la veille, quai de Valmy, ou qu'ils étaient entrés dans le bistrot des Calas.

Maigret agissait comme d'habitude et faisait

ce qu'il avait à faire. Mais n'y mettait-il pas un manque de conviction que ses inspecteurs lui avaient rarement vu ? C'était difficile à définir. Il avait l'air d'agir un peu à contrecœur. Les indices matériels l'intéressaient à peine et il semblait ruminer des idées qu'il ne communiquait à personne.

C'était surtout sensible ici, dans le café, et plus encore quand il s'adressait à Mme Calas ou qu'il l'observait à la dérobée.

On aurait juré que la victime ne comptait pas, que le cadavre coupé en morceaux n'avait aucune importance à ses yeux. A peine s'était-il occupé d'Antoine et il devait faire un effort pour penser à certains devoirs professionnels.

— Téléphone à Coméliau. Je préfère que ce soit toi. Raconte-lui en quelques mots ce qui s'est passé. Il vaut peut-être mieux qu'il signe un mandat de dépôt au nom du gamin. Il le fera de toute façon.

— Et elle ? questionna l'inspecteur en désignant la femme.

— J'aimerais mieux pas.

— S'il insiste ?

— Il agira à sa guise. Il est le maître.

Il ne prenait pas la précaution de parler à voix basse et les deux autres écoutaient.

— Vous feriez bien de manger un morceau, conseilla-t-il à Mme Calas. Il est possible qu'on ne tarde pas à vous emmener.

— Pour longtemps ?

— Le temps que le juge décidera de vous garder à sa disposition.

— Je coucherai en prison ?

— Au Dépôt d'abord, probablement.

— Et moi ? questionna Antoine.

106

— Toi aussi.

Maigret ajouta :

— Pas dans la même cellule !

— Tu as faim ? demanda Mme Calas au gamin.

— Non.

Elle se dirigea quand même vers la cuisine, mais c'était pour avaler une gorgée d'alcool. Quand elle revint, elle s'informa :

— Qui gardera la maison pendant ce temps-là ?

— Personne. Ne craignez rien. Elle sera surveillée.

Il ne pouvait s'empêcher de la regarder toujours de la même façon, comme si, pour la première fois, il se trouvait en présence de quelqu'un qu'il ne comprenait pas.

Il avait rencontré des femmes habiles, et certaines lui avaient tenu tête longtemps. Chaque fois, cependant, dès le début, il n'en avait pas moins senti qu'il aurait le dernier mot. C'était une question de temps, de patience, de volonté.

Avec Mme Calas, il n'en allait pas de même. Il ne pouvait la ranger dans aucune catégorie. Si on lui avait dit qu'elle avait assassiné son mari de sang-froid et l'avait elle-même coupé en morceaux sur la table de la cuisine, il n'aurait pas protesté. Mais il n'aurait pas protesté non plus si on lui avait affirmé qu'elle ignorait tout du sort de son mari.

Elle était là, devant lui, en chair et en os, maigre et fanée dans sa robe foncée qui lui pendait sur le corps comme un vieux rideau pend à une fenêtre ; elle était bien réelle, avec, dans ses prunelles sombres, le reflet d'une vie intérieure intense ; et pourtant il y avait en elle quelque chose d'immatériel, d'insaisissable.

Savait-elle qu'elle produisait cette impression-là ? On aurait pu le croire à la façon calme, peut-être ironique, dont, de son côté, elle regardait le commissaire.

De là venait le malaise ressenti tout à l'heure par Lapointe. Il s'agissait moins d'une enquête de la police pour découvrir un coupable que d'une affaire personnelle entre Maigret et cette femme.

Ce qui ne se rapportait pas directement à elle n'intéressait que médiocrement le commissaire, Lapointe devait en avoir la preuve un instant plus tard, quand il sortit de la cabine téléphonique.

— Qu'est-ce qu'il a dit ? questionna Maigret, parlant de Coméliau.

— Il va signer un mandat et le faire porter à votre bureau.

— Il veut le voir ?

— Il suppose que vous tiendrez à le questionner d'abord.

— Et elle ?

— Il signera un second mandat. Vous en ferez ce que vous voudrez mais, à mon avis...

— Je comprends.

Coméliau s'attendait à ce que Maigret regagne son bureau, fasse comparaître tour à tour Antoine et Mme Calas, les interroge pendant des heures jusqu'à ce qu'ils se mettent à table.

On n'avait toujours pas découvert la tête du cadavre. On n'avait aucune preuve formelle que Calas était l'homme dont les restes avaient été repêchés dans le Canal Saint-Martin. A tout le moins, maintenant, existait-il, à cause de la valise, de fortes présomptions, et il était souvent arrivé qu'un interrogatoire, commencé avec moins d'atouts, se terminât au bout de quelques heures par des aveux complets.

Non seulement c'était l'idée du juge Coméliau, mais c'était aussi celle de Lapointe qui cacha mal son étonnement quand Maigret lui commanda :

— Emmène-le au Quai. Installe-toi avec lui dans mon bureau et questionne-le. N'oublie pas de lui faire monter à manger et à boire.

— Vous restez ?

— J'attends Moers et les photographes.

Gêné, Lapointe fit signe au jeune homme de se lever. Avant de sortir, celui-ci lança encore à Maigret :

— Je vous avertis que cela vous coûtera cher.

A peu près au même moment, le Vicomte, qui avait rôdé dans les divers bureaux de la P.J. comme il le faisait chaque matin, continuait sa tournée par le couloir des juges d'instruction.

— Rien de nouveau, monsieur Coméliau ? On n'a toujours pas retrouvé la tête ?

— Pas encore. Mais on a à peu près formellement identifié la victime.

— Qui est-ce ?

Pendant dix minutes, Coméliau répondit de bonne grâce aux questions, pas fâché que, pour une fois, ce fût lui et non Maigret qui eût les honneurs de la presse.

— Le commissaire est là-bas ?

— Je suppose.

De sorte que la perquisition chez Calas et l'arrestation d'un jeune homme dont on ne donnait que les initiales étaient annoncées deux heures plus tard dans les journaux de l'après-midi, puis à l'émission de cinq heures de la radio.

Resté seul avec Mme Calas, Maigret était allé prendre un verre sur le comptoir et l'avait transporté sur une table à laquelle il s'était assis. De son côté, elle n'avait pas bougé, gardant, derrière le bar, l'attitude classique d'une tenancière de bistrot.

On entendit les sirènes d'usine annoncer midi. En moins de dix minutes, plus de trente personnes vinrent se casser le nez à la porte fermée et certains, voyant Mme Calas à travers la vitre, gesticulaient comme s'ils essayaient de parlementer avec elle.

— J'ai vu votre fille, fit soudain la voix de Maigret dans le silence.

Elle le regarda sans mot dire.

— Elle m'a confirmé la visite qu'elle vous a rendue il y a environ un mois. Je me demande de quoi vous avez parlé.

Cela ne constituait pas une question et elle ne crut pas devoir répondre.

— Elle m'a donné l'impression d'une personne équilibrée, qui a intelligemment mené sa barque. Je ne sais pas pourquoi l'idée m'est venue qu'elle est amoureuse de son patron ct qu'elle est peut-être sa maîtresse.

Elle ne bronchait toujours pas. Cela l'intéressait-il ? Lui restait-il à l'égard de sa fille un sentiment quelconque ?

— Les débuts n'ont pas dû être faciles. C'est dur, pour une fille de quinze ans, de se débrouiller seule dans une ville comme Paris.

Elle le regarda avec des yeux qui semblaient

voir à travers lui, questionna d'une voix fatiguée :

— Qu'espérez-vous ?

Qu'espérait-il, en effet ? N'était-ce pas Coméliau qui avait raison ? Ne devrait-il pas, en ce moment, être occupé à faire parler Antoine ? Quant à elle, quelques jours dans une cellule du Dépôt changeraient peut-être son attitude ?

— Je me demande pourquoi vous avez épousé Calas et pour quelle raison, plus tard, vous ne l'avez pas quitté.

Ce ne fut pas un sourire qui vint à ses lèvres mais une expression qui pouvait passer pour de la moquerie — ou pour de la pitié.

— Vous l'avez fait exprès, n'est-ce pas ? continuait Maigret sans préciser sa pensée.

Il faudrait bien qu'il y arrive. Il y avait des moments, comme maintenant, où il lui semblait qu'il n'aurait besoin que d'un léger effort, non seulement pour tout comprendre, mais pour que disparaisse ce mur invisible qui se dressait entre eux.

Trouver le mot qu'il fallait dire, et alors elle serait simplement humaine devant lui.

— Est-ce que l'*autre* était ici, vendredi après-midi ?

Il obtenait quand même un résultat, puisqu'elle tressaillait.

— Quel autre ? finit-elle par demander à regret.

— Votre amant. Le vrai.

Elle aurait voulu paraître indifférente, ne pas poser de questions, mais elle finit pas céder.

— Qui ?

— Un homme roux, entre deux âges, au

visage marqué de petite vérole, qui se prénomme Dieudonné.

Elle s'était complètement refermée. Il n'y avait plus rien à lire sur ses traits. D'ailleurs, une voiture s'arrêtait dehors, dont sortait Moers, avec trois hommes et leurs appareils.

Une fois de plus, Maigret alla ouvrir la porte. Certes, il n'avait pas réussi. Il ne croyait pas non plus avoir tout à fait perdu le temps qu'il venait de passer en tête à tête avec elle.

— Qu'est-ce qu'il faut examiner, patron ?

— Tout. La cuisine, d'abord, puis les deux chambres et le cabinet de toilette au premier étage. Il y a aussi la cour, et enfin la cave qui doit se trouver sous cette trappe.

— Vous croyez que c'est ici que l'homme a été tué et dépecé ?

— C'est possible.

— Et cette valise ?

— Etudie-la, ainsi que son contenu.

— Nous en avons pour tout l'après-midi. Vous restez ?

— Je ne crois pas, mais je passerai sans doute tout à l'heure.

Il entra dans la cabine, appela Judel au poste de police d'en face et lui donna des instructions pour que la maison reste sous surveillance.

— Vous faites mieux de m'accompagner, annonça-t-il ensuite à Mme Calas.

— J'emporte des vêtements et des objets de toilette ?

— C'est peut-être prudent.

En passant par la cuisine, elle s'arrêta pour une longue rasade. On l'entendit ensuite aller et venir dans la chambre du premier.

— Vous n'avez pas peur de la laisser seule, patron ?

Maigret haussa les épaules. S'il existait des traces à effacer, des objets compromettants à faire disparaître, on avait dû en prendre soin depuis longtemps.

Il fut surpris, pourtant, qu'elle soit si longtemps absente. On l'entendait toujours s'agiter et il y eut des bruits de robinet, de tiroirs qu'on ouvre et qu'on referme.

Dans la cuisine, elle s'arrêta à nouveau et sans doute se disait-elle que c'était le dernier alcool qu'il lui était donné de boire avant longtemps.

Quand elle parut enfin, les trois hommes la regardèrent avec une même surprise à laquelle, chez Maigret, se mêlait une pointe d'admiration.

Elle venait, en moins de vingt minutes, d'opérer dans sa personne une transformation presque totale. Elle portait maintenant une robe et un manteau noirs qui lui donnaient beaucoup d'allure. Bien coiffée et chapeautée, on aurait dit que les traits de son visage eux-mêmes s'étaient raffermis et sa démarche était plus nette, son maintien ferme, quasi orgueilleux.

S'attendait-elle à l'effet produit ? Y avait-elle apporté une certaine coquetterie ? Elle ne sourit pas, ne parut pas s'amuser de leur étonnement, se contenta de murmurer en s'assurant qu'elle avait ce qu'il lui fallait dans son sac et en mettant ses gants :

— Je suis prête.

Elle répandait une odeur inattendue d'eau de Cologne et de cognac. Elle s'était poudré le visage, avait passé un bâton de rouge sur ses lèvres.

— Vous n'emportez pas de valise ?

Elle dit non, comme avec défi. D'emporter du linge et des vêtements de rechange n'était-ce pas s'avouer coupable ? C'était en tout cas admettre qu'on pouvait avoir des raisons de la retenir.

— A tout à l'heure ! lança Maigret à Moers et à ses collaborateurs.

— Vous prenez la voiture ?

— Non. Je trouverai un taxi.

Cela lui fit une curieuse impression de se trouver avec elle sur le trottoir et de marcher au même pas dans le soleil.

— Je suppose que c'est en descendant vers la rue des Récollets que nous avons le plus de chance de trouver un taxi ?

— Je suppose.

— J'aimerais vous poser une question.

— Vous ne vous êtes pas gêné, jusqu'ici.

— Combien de temps y a-t-il que vous ne vous êtes habillée de cette façon ?

Elle prit la peine de réfléchir.

— Au moins quatre ans, dit-elle enfin. Pourquoi demandez-vous ça ?

— Pour rien.

A quoi bon le lui dire, puisqu'elle le savait aussi bien que lui ? Il eut tout juste le temps de lever le bras pour arrêter un taxi qui les dépassait et il en ouvrit la portière à sa compagne, la fit monter devant lui.

6

Les débris de ficelle

A la vérité, il ne savait pas encore ce qu'il allait faire d'elle. Il est probable qu'avec un autre juge d'instruction, il n'aurait pas agi comme il l'avait fait jusqu'ici et aurait pris des risques. Avec Coméliau, c'était dangereux. Non seulement le magistrat était tatillon, soucieux de la forme, inquiet de l'opinion publique et des réactions du gouvernement, mais il s'était toujours méfié des méthodes de Maigret, qu'il ne trouvait pas orthodoxes, et plusieurs fois dans le passé les deux hommes s'étaient heurtés de front.

Maigret savait que le juge le tenait à l'œil, prêt à lui faire porter la responsabilité de la moindre erreur ou de la moindre imprudence.

Il aurait de beaucoup préféré laisser Mme Calas quai de Valmy jusqu'à ce qu'il se soit fait une idée plus précise de son caractère et du rôle qu'elle avait pu jouer. Il aurait placé un homme, deux hommes en faction à proximité du bistrot. Mais le policier de Judel avait-il empêché le jeune Antoine de s'échapper de l'immeuble du Faubourg Saint-Martin ? Antoine n'était pourtant qu'un gamin, n'avait guère plus d'intelligence qu'un enfant de treize ans. Mme Calas était d'une autre trempe. En passant devant les kiosques, il pouvait voir que les journaux annonçaient déjà la perquisition dans le petit café. En tout cas, le nom de Calas s'étalait en grosses lettres sur la première page.

Il imaginait son entrée chez le juge, le lendemain par exemple, si les journaux du matin avaient annoncé :

Mme Calas a disparu

Sans tourner la tête vers elle, il l'observait du coin de l'œil et elle ne paraissait pas y prendre garde. Elle se tenait très droite sur son siège, non sans dignité, et il y avait de la curiosité dans sa façon de regarder la ville.

Pendant quatre ans au moins, avait-elle avoué tout à l'heure, elle ne s'était pas habillée. Elle n'avait pas dit dans quelles circonstances, à quelle occasion elle avait porté pour la dernière fois sa robe noire. Peut-être y avait-il plus longtemps encore qu'elle n'était pas descendue dans le centre et n'avait pas vu la foule se presser sur les Boulevards ?

Puisque, à cause de Coméliau, il ne pouvait agir à sa guise, il était obligé de s'y prendre autrement.

Quand on approcha du Quai des Orfèvres, il ouvrit la bouche pour la première fois.

— Je suppose que vous n'avez rien à dire ?

Elle le regarda avec une pointe de surprise.

— A quel sujet ?

— Au sujet de votre mari.

Elle haussa imperceptiblement les épaules, prononça :

— Je n'ai pas tué Calas.

116

Elle l'appelait par son nom de famille, comme certaines femmes de paysans et de boutiquiers ont l'habitude d'appeler leur mari. Cela frappa Maigret comme si, chez elle, cela manquait de naturel.

— J'entre dans la cour ? demanda le chauffeur en ouvrant la vitre.

— Si vous voulez.

Le Vicomte était là, au pied du grand escalier, avec deux autres journalistes et des photographes. Ils avaient eu vent de ce qui se passait et il était vain de vouloir leur cacher la prisonnière.

— Un instant, commissaire...

Pensa-t-elle que c'était Maigret qui les avait fait venir ? Elle passa, très raide, tandis qu'ils prenaient des photos et la suivaient dans l'escalier. Ils avaient dû photographier le jeune Antoine aussi.

Même là-haut, dans le couloir, Maigret hésitait encore et il finit par pousser la porte du bureau des inspecteurs. Lucas n'était pas là. Il s'adressa à Janvier.

— Tu veux l'emmener pendant quelques minutes dans un bureau vide et rester avec elle ?

Elle avait entendu. On lisait toujours un reproche muet dans le regard qu'elle laissait peser sur le commissaire. Peut-être était-ce davantage de la déception qu'un reproche ?

Il sortit sans rien ajouter, pénétra dans son propre bureau où Lapointe, qui avait retiré son veston, était assis à sa place. Face à la fenêtre, Antoine se tenait droit sur une chaise, très rouge, comme s'il avait trop chaud.

Entre eux, sur un plateau qu'on avait fait monter de la Brasserie Dauphine, on voyait des restes de sandwiches et deux verres au fond desquels restait un peu de bière.

Comme le regard de Maigret se posait sur le plateau, puis sur lui, Antoine parut vexé d'avoir cédé à son appétit, s'étant probablement promis de les « punir » en refusant toute nourriture. Ils avaient l'habitude, au Quai, de cette attitude-là, et le commissaire ne put s'empêcher de sourire.

— Ça va ? demanda-t-il à Lapointe.

Des yeux, celui-ci lui fit comprendre qu'il n'avait obtenu aucun résultat.

— Continuez, mes enfants !

Il monta chez Coméliau, qu'il trouva dans son bureau, prêt à aller déjeuner.

— Vous les avez arrêtés tous les deux ?

— Le jeune homme est dans mon bureau, avec Lapointe qui le questionne.

— Il a parlé ?

— Même s'il sait quelque chose, il ne dira rien avant qu'on lui mette des preuves sous le nez.

— Il est intelligent ?

— Justement, il ne l'est pas. On finit d'habitude par avoir raison de quelqu'un d'intelligent, ne fût-ce qu'en lui démontrant que ses réponses ne tiennent pas debout. Un imbécile se contente de nier, en dépit de l'évidence.

— Et la femme ?

— Je l'ai laissée avec Janvier.

— Vous allez l'interroger vous-même ?

— Pas maintenant. Je n'en sais pas assez pour cela.

— Quand comptez-vous le faire ?

— Peut-être ce soir, ou demain, ou après-demain.

— Et en attendant ?

Maigret parut si docile, si bon enfant que Coméliau se demanda ce qu'il avait derrière la tête.

— Je suis venu vous demander ce que vous décidez.

— Vous ne pouvez pas la garder indéfiniment dans un bureau.

— C'est difficile en effet. Surtout une femme.

— Vous ne trouvez pas plus prudent de l'envoyer au Dépôt ?

— C'est à vous de juger.

— Personnellement, vous la relâcheriez ?

— Je ne suis pas sûr de ce que je ferais.

Les sourcils froncés, Coméliau réfléchissait, rageur. Il finit par lancer à Maigret, comme un défi :

— Envoyez-la-moi.

Pourquoi le commissaire souriait-il en s'éloignant le long du couloir ? Imaginait-il le tête-à-tête entre Mme Calas et le juge exaspéré ?

Il ne la revit pas cet après-midi-là, se contenta de rentrer dans le bureau des inspecteurs et de dire à Torrence :

— Le juge Coméliau demande à voir Mme Calas. Veux-tu transmettre la commission à Janvier ?

Quand le Vicomte, dans l'escalier, essaya de s'accrocher à lui, il s'en débarrassa en affirmant :

— Allez donc voir Coméliau. Je suis certain qu'il a, ou qu'il aura bientôt du nouveau pour la presse.

Il se dirigea à pied vers la Brasserie Dauphine, s'arrêta au bar pour un apéritif. Il était tard. Presque tout le monde avait fini de déjeuner. Il décrocha le téléphone.

— C'est toi ? dit-il à sa femme.

— Tu ne rentres pas ?

— Non.

— Tu prends le temps de déjeuner, j'espère ?

— Je suis à la Brasserie Dauphine et je vais justement le faire.

— Tu seras ici pour dîner ?

— Peut-être.

Parmi les odeurs qui flottaient toujours dans l'air, à la brasserie, il en était deux qui dominaient les autres : celle du Pernod, autour du bar, et celle du coq au vin qui venait par bouffées de la cuisine.

La plupart des tables étaient inoccupées dans la salle à manger où quelques collègues en étaient au café et au calvados. Il hésita, finit par rester debout et commander un sandwich. Le soleil était aussi brillant que le matin, le ciel aussi clair, mais quelques nuages blancs y couraient très vite et une brise qui venait de se lever soulevait la poussière des rues et collait les robes des femmes à leur corps.

Le patron, derrière le comptoir, connaissait assez Maigret pour comprendre que ce n'était pas le moment d'entamer une conversation. Maigret mangeait distraitement, en regardant dehors du même œil que les passagers d'un bateau regardent le déroulement monotone et fascinant de la mer.

— Un autre ?

Il dit oui, peut-être sans savoir ce qu'on lui avait demandé, mangea d'ailleurs le second sandwich et but le café qu'on lui avait servi sans qu'il le commande.

Quelques minutes plus tard, il était dans un taxi, qui l'emmenait quai de Valmy, et le fit arrêter au coin de la rue des Récollets, en face de l'écluse où trois péniches attendaient. Malgré la saleté de l'eau, à la surface de laquelle venaient parfois éclater des bulles peu ragoûtantes, quelques pêcheurs à la ligne, comme toujours, fixaient leur bouchon.

Il passa devant la façade peinte en jaune de « Chez Popaul » et le patron le reconnut. Maigret le vit, à travers la vitre, qui le désignait du doigt à un groupe de clients. D'énormes poids lourds portant le nom « Roulers et Langlois » étaient alignés le long du trottoir.

Maigret passa devant deux ou trois boutiques comme il s'en trouve dans tous les quartiers populeux de Paris. Un étalage de légumes et de fruits débordait jusqu'au milieu du trottoir. Un peu plus loin, c'était une boucherie où on ne voyait personne, puis, à deux pas de chez Calas, une épicerie si sombre qu'on ne distinguait rien à l'intérieur.

Mme Calas était obligée de sortir de chez elle, ne fût-ce que pour faire son marché, et il était probable qu'elle fréquentait ces boutiques-là, en pantoufles, avec, sur les épaules, l'espèce de châle en grosse laine noire que, dans le café, il avait remarqué.

Judel avait dû s'occuper de ces gens-là. La police du quartier les connaît, les met plus en confiance que quelqu'un du Quai des Orfèvres.

La porte du bar était fermée à clef. Le front collé à la vitre, il n'aperçut personne à l'intérieur mais, dans la cuisine, une silhouette accrochait parfois un rayon de soleil. Il frappa, dut frapper à nouveau deux ou trois fois avant que Moers apparût et, le reconnaissant, se précipitât vers la porte.

— Je vous demande pardon. Nous faisions du bruit. Vous avez attendu longtemps ?

— Cela n'a pas d'importance.

Ce fut lui qui donna le tour de clef à la serrure.

— Tu as été souvent dérangé ?

— Des clients essayent d'ouvrir et s'en vont. D'autres frappent à la porte, insistent, gesticulent pour demander qu'on leur ouvre.

Maigret regarda autour de lui, passa derrière le comptoir, à la recherche d'un buvard-réclame comme il en avait aperçu un sur la table de la chambre à coucher. D'habitude, dans un café, il existe plusieurs buvards de ce genre et cela le surprit de n'en pas trouver un alors qu'il y avait trois boîtes de dominos, quatre ou cinq tapis et une demi-douzaine de jeux de cartes.

— Continue, dit-il à Moers. Je te rejoindrai tout à l'heure.

Il se faufila entre les appareils que les techniciens avaient déployés dans la cuisine et monta au premier, d'où il redescendit avec l'encre et le buvard.

Assis à une table du café, il écrivit en grosses lettres :

Fermé provisoirement.

Il avait hésité à tracer le second mot, pensant peut-être à Coméliau qui, à cette heure, était en tête à tête avec Mme Calas.

— Tu n'as pas vu des punaises quelque part ?

Moers répondit, de la cuisine :

— Sur la planche de gauche, sous le comptoir.

Il les trouva, alla appliquer son avis au croisillon de la porte. Quand il se retourna, il sentit quelque chose de vivant qui lui frôlait la jambe et reconnut le chat roux qui, la tête levée vers lui, le regardait en miaulant.

Il n'avait pas pensé à ça. Si la maison devait rester vide pendant un certain temps, on ne pouvait y laisser le chat.

Il gagna la cuisine, trouva du lait dans un broc de faïence, une assiette à soupe fêlée.

— Je me demande à qui je vais confier la bête.

— Vous ne pensez pas qu'un voisin s'en chargerait ? J'ai aperçu une boucherie, un peu plus loin.

— J'irai m'informer tout à l'heure. Qu'est-ce que vous avez trouvé jusqu'ici ?

Ils étaient en train de passer la maison au peigne fin, ne laissant aucun coin, aucun tiroir inexploré. Moers passait le premier, examinant d'abord les objets avec un verre grossissant, utilisant au besoin un microscope portatif qu'il avait apporté et les photographes venaient derrière lui.

— Nous avons commencé par la cour, car c'est là qu'il y avait le plus de désordre. J'ai pensé aussi que, parmi les détritus variés, on pouvait avoir été tenté de cacher quelque chose.

— Je suppose que les poubelles ont été vidées depuis dimanche ?

— Lundi matin. Nous les avons néanmoins examinées, en quête de taches de sang, par exemple.

— Rien ?

— Rien, répéta Moers, avec l'air d'hésiter.

Cela signifiait qu'il avait une idée mais n'en était pas sûr.

— Qu'est-ce que c'est ?

— Je ne sais pas, patron. Une impression.

Nous avons tous les quatre la même. Nous en parlions justement quand vous êtes arrivé.

— Explique.

— Tout au moins pour ce qui est de la cour et de la cuisine, il se passe quelque chose de bizarre. Nous ne sommes pas dans le genre de maison où on s'attendrait à trouver une propreté méticuleuse. Il suffit de regarder dans les tiroirs pour constater qu'il y régnait plutôt un certain laisser-aller. On avait l'habitude d'y fourrer les objets au petit bonheur et la plupart sont couverts de poussière.

Maigret, qui regardait autour de lui, croyait avoir compris et montrait son intérêt.

— Continue.

— A côté de l'évier, nous avons trouvé de la vaisselle de trois jours et des casseroles qui n'ont pas été nettoyées depuis dimanche. On peut supposer que c'était une habitude, à moins que la femme ait négligé le ménage en l'absence du mari.

Moers avait raison. Le désordre — et même une certaine saleté — devaient être coutumiers.

— Logiquement, nous aurions donc dû trouver un peu partout de la saleté vieille de cinq jours ou de dix. Et, en effet, dans certains tiroirs, dans certains recoins, il en est de plus vieille que ça. Par contre, presque partout ailleurs, il semble qu'on ait procédé récemment à un grand nettoyage et Sambois a déniché dans la cour deux bouteilles d'eau de Javel dont une au moins, qui est vide, a été achetée récemment, à en juger par l'état de l'étiquette.

— Quand penses-tu que ce nettoyage aurait été fait ?

— Trois ou quatre jours. Je vous fournirai

plus de précisions dans mon rapport. Il faut, avant cela, que je me livre à un certain nombre d'analyses au laboratoire.

— Des empreintes digitales ?

— Elles confirment notre théorie. Dans les tiroirs, dans les placards, nous en avons relevé qui appartiennent à Calas.

— Tu es sûr ?

— Elles correspondent, en tout cas, à celles du corps repêché dans le canal.

On possédait enfin une preuve que l'homme coupé en morceaux était bien le bistrot du quai de Valmy.

— Ces empreintes-là se retrouvent là-haut également ?

Pas sur les meubles, mais seulement à l'intérieur de ceux-ci. Dubois n'a pas étudié le premier étage en détail et nous y retournerons plus tard. Ce qui nous a frappés, c'est qu'il n'y a pas un grain de poussière sur les meubles et que le plancher a été nettoyé avec soin. Quant aux draps de lit, ils n'ont pas servi plus de trois ou quatre nuits.

— Tu as trouvé des draps sales quelque part ?

— J'y ai pensé. Non.

— On faisait la lessive à la maison ?

— Je n'ai vu aucun appareil ni aucun récipient pour cela.

— Ils confiaient donc le linge à une blanchisserie.

— C'est à peu près certain. Or, à moins que le blanchisseur soit passé hier ou avant-hier...

— Je vais essayer de savoir de quelle blanchisserie il s'agit.

Maigret était sur le point d'aller interroger un

des boutiquiers du voisinage. Moers l'arrêta, ouvrit un tiroir du buffet de cuisine.

— Vous avez le nom ici.

Il montrait une liasse de factures parmi lesquelles il y en avait de la « Blanchisserie des Récollets ». La plus récente datait d'une dizaine de jours.

Maigret se dirigea vers la cabine téléphonique, composa le numéro, demanda si on était venu prendre du linge quai de Valmy cette semaine-là.

— La tournée n'a lieu que le jeudi matin, lui répondit-on.

C'était le jeudi précédent que le livreur était passé pour la dernière fois.

Moers avait raison de s'étonner. Deux personnes n'avaient pas vécu dans la maison depuis le jeudi sans salir du linge qu'on aurait dû retrouver quelque part, des draps de lit en tout cas, puisque ceux de la chambre étaient presque propres.

Maigret, songeur, rejoignit les spécialistes.

— Qu'est-ce que tu disais des empreintes ?

— Jusqu'ici, dans la cuisine, nous en avons relevé de trois catégories, sans compter les vôtres et celles de Lapointe que je connais par cœur. D'abord, les plus nombreuses, des empreintes de femme. Je suppose que ce sont celles de la patronne.

— Ce sera facile à contrôler.

— Ensuite, celles d'un homme que je crois assez jeune. Il y en a peu et ce sont les plus fraîches.

Antoine, vraisemblablement, à qui Mme Calas avait dû servir à manger dans la cuisine quand il était arrivé au cours de la nuit.

126

— Enfin, il y a deux empreintes d'un autre homme, dont une en partie effacée.

— Plus les empreintes de Calas dans les tiroirs ?

— Oui.

— En somme, cela se présente comme si, récemment, dimanche par exemple, on avait nettoyé la maison de fond en comble sans s'occuper de l'intérieur des meubles ?

Tous pensaient au corps coupé en morceaux qui avait été retiré pièce par pièce des eaux du canal.

Le dépeçage n'avait pas été effectué dans la rue, ni dans un terrain vague. Cela avait demandé du temps, car chaque morceau avait été soigneusement enveloppé de papier de journal et ficelé.

Dans quel état se trouvait, après coup, la pièce où pareil travail s'était accompli ?

Maigret regrettait moins, maintenant, d'avoir livré Mme Calas aux assauts furieux du juge Coméliau.

— Tu es descendu à la cave ?

— Nous avons jeté un premier coup d'œil partout. Dans la cave, à première vue, il n'y a rien d'anormal, mais nous y retournerons aussi.

Il les laissa travailler et, pendant un certain temps, arpenta le café où le chat roux se mit à le suivre dans ses allées et venues. Le soleil éclairait les bouteilles rangées sur l'étagère et mettait des reflets doux sur un coin du zinc. En passant près du gros poêle, il crut que le feu était éteint, l'ouvrit et, trouvant encore de la cendre rouge, le rechargea machinalement.

L'instant d'après, il passait derrière le comptoir, hésitait entre les bouteilles, en choisissait une de calvados et s'en versait un verre. Le tiroir-caisse était entrouvert devant lui, avec dedans quelques billets et de la menue monnaie. Sur le mur, à droite, près de la fenêtre, une liste des consommations portait leur prix en regard.

Il prit, dans sa poche, le prix d'un calvados, disposa l'argent dans le tiroir, sursauta, comme pris en faute, en voyant une silhouette se profiler derrière la vitre. C'était l'inspecteur Judel, qui s'efforçait de voir à l'intérieur.

Maigret alla lui ouvrir.

— Je pensais bien vous trouver ici, patron. J'ai téléphoné au Quai et on m'a répondu qu'on ignorait où vous étiez.

Judel regarda autour de lui avec une certaine surprise, cherchant sans doute des yeux Mme Calas.

— C'est vrai que vous l'avez arrêtée ?

— Elle est chez le juge Coméliau.

Judel désignait du menton la cuisine, où il reconnaissait les techniciens.

— Ils ont découvert quelque chose ?

— C'est encore trop tôt pour savoir.

Et surtout trop long à expliquer. Maigret n'en avait pas le courage.

— Je suis content de vous avoir rejoint, car je ne voulais pas agir sans votre avis. Je crois que nous avons retrouvé l'homme roux.

— Où est-il ?

— Si mes renseignements sont exacts, à deux pas d'ici. A moins que, cette semaine, il ne fasse pas partie de l'équipe de nuit. Il travaille comme pointeur aux Transports Zénith, l'entreprise que...

— Rue des Récollets. Je sais. Roulers et Langlois.

— J'ai pensé que vous préféreriez l'interpeller vous-même.

La voix de Moers leur parvint de la cuisine.

— Vous avez un instant, patron ?

Maigret se dirigea vers le fond du café. Le châle noir de Mme Calas était étalé sur la table et Moers, qui l'avait d'abord examiné à la loupe, mettait au point son microscope.

— Vous voulez jeter un coup d'œil ?

— Que dois-je voir ?

— Remarquez-vous sur le noir de la laine, des traits brunâtres qui ressemblent à des brindilles d'arbre ? En réalité, c'est du chanvre. L'analyse nous le confirmera, mais j'en ai la certitude. Ce sont des brindilles presque invisibles à l'œil nu qui se sont détachées d'un morceau de ficelle.

— Le même genre de ficelle que...

Maigret faisait allusion à la ficelle qui avait servi à envelopper les restes de l'homme coupé en morceaux.

— J'en jurerais presque. Mme Calas ne devait pas faire souvent des paquets. Nous n'avons pas retrouvé un seul bout de ficelle de cette sorte dans la maison. Il y a bien des bouts de ficelle dans un tiroir mais c'est ou de la ficelle plus fine, ou de la ficelle de fibre, ou encore de la ficelle rouge.

— Je te remercie. Je suppose que tu seras encore ici quand je reviendrai ?

— Qu'est-ce que vous faites du chat ?

— Je l'emporte.

Le chat se laissa prendre et Maigret le tenait sous le bras en sortant de la maison. Il hésita à entrer à l'épicerie, se dit que l'animal serait mieux chez un boucher.

— Ce n'est pas le chat de Mme Calas ? lui demanda la bouchère quand il s'approcha du comptoir.

— Si. Cela vous ennuierait-il de le garder quelques jours ?

— Du moment qu'il ne se bat pas avec les miens...

— Mme Calas est votre cliente ?

— Elle passe ici tous les matins. Est-ce vrai que ce soit son mari qui...

Au lieu de s'exprimer avec des mots sur un sujet si morbide, elle préféra désigner le canal du regard.

— Cela paraît être lui.

— Qu'est-ce qu'on a fait d'elle ?

Et, comme Maigret cherchait une réponse évasive, elle continua :

— Je sais que tout le monde n'est pas de mon avis et qu'il y a beaucoup à dire sur son compte, mais, pour moi, c'est une malheureuse qui n'est pas responsable.

Quelques minutes plus tard, les deux hommes attendaient, pour pénétrer dans la grande cour de Roulers et Langlois, que le défilé des camions leur permît de se faufiler sans danger. Une cage vitrée, à droite, portait le mot « Bureau » en lettres noires. La cour était entourée de plates-formes surélevées qui ressemblaient à des quais de gare de marchandises et d'où on chargeait des colis, des sacs et des caisses sur les camions. Il régnait un va-et-vient continu, brutal, un vacarme assourdissant.

— Patron ! appela Judel alors que Maigret touchait le bouton de la porte.

Le commissaire se retourna, aperçut un homme roux, debout sur une des plates-formes, qui tenait un étroit registre d'une main, un crayon de l'autre, et qui les regardait fixement. Il était de taille moyenne et portait une blouse grise. Ses épaules étaient larges, la peau de son visage, claire et colorée, criblée de trous laissés par la petite vérole, faisait penser à une peau d'orange.

Des hommes chargés de colis passaient devant lui, criaient un nom, un numéro, puis le nom d'une ville ou d'un village, mais il ne paraissait plus les entendre, ses yeux bleus toujours fixés sur Maigret.

— Ne le laisse pas filer, recommanda celui-ci à Judel.

Il entra au bureau, où une jeune fille s'informa de ce qu'il désirait.

— Un des patrons est ici ?

Elle n'eut pas à répondre, car un homme à cheveux gris coupés ras s'avança, interrogateur.

— Vous êtes un des patrons ?

— Joseph Langlois. Il me semble que je vous ai vu quelque part ?

Sans doute avait-il vu la photographie de Maigret dans les journaux. Le commissaire se nomma et Langlois attendit la suite en homme qui se méfie.

— Qui est l'employé roux que j'aperçois de l'autre côté de la cour ?

— Qu'est-ce que vous lui voulez ?

— Je n'en sais encore rien. Qui est-ce ?

— Dieudonné Pape, qui travaille pour moi depuis plus de vingt-cinq ans. Je serais surpris que vous trouviez quelque chose sur son compte.

— Marié ?

— Il est veuf depuis des années. Au fait, je

crois qu'il est devenu veuf deux ou trois ans après son mariage.

— Il vit seul ?

— Je suppose. Sa vie privée ne me regarde pas.

— Vous avez son adresse ?

— Il habite rue des Ecluses-Saint-Martin, à deux pas d'ici. Vous savez le numéro, mademoiselle Berthe ?

— 56.

— Il travaille toute la journée ?

— Il fait ses huit heures, comme tout le monde, mais pas nécessairement pendant la journée. Le dépôt marche jour et nuit, des camions chargent et déchargent à toute heure. Cela nous oblige à avoir trois équipes et l'horaire de chacune change chaque semaine.

— De quelle équipe faisait-il partie la semaine dernière ?

Langlois se tourna vers la jeune fille qu'il avait appelée Mlle Berthe.

— Vous voulez voir ?

Elle consulta un dossier.

— De la première équipe.

Le patron traduisit :

— Cela veut dire qu'il a pris son service à six heures du matin pour le quitter à deux heures de l'après-midi.

— Votre dépôt est ouvert le dimanche aussi ?

— Il y a seulement deux ou trois hommes de garde.

— Il en était dimanche dernier ?

La jeune fille, encore une fois, consulta ses fiches.

— Non.

132

— Jusqu'à quelle heure doit-il travailler aujourd'hui ?

— Il est de la seconde équipe. Il débauchera donc à dix heures du soir.

— Vous ne pourriez pas le faire remplacer ?

— C'est impossible de me dire ce que vous lui voulez ?

— Je le regrette.

— C'est important ?

— Probablement très important.

— De quoi le soupçonnez-vous ?

— Je préfère ne pas répondre.

— Quoi que vous ayez en tête, j'aime mieux vous avertir tout de suite que vous faites fausse route. Si je n'avais que des employés comme lui, je ne me ferais pas de soucis.

Il n'était pas content. Sans avouer à Maigret ce qu'il allait faire et sans inviter le commissaire à le suivre, il sortit du bureau vitré, contourna la cour et s'approcha de Dieudonné Pape.

Celui-ci ne broncha pas pendant que son patron lui parlait et se contenta de regarder fixement la cage vitrée. Tourné vers le fond des magasins, Langlois eut l'air d'appeler quelqu'un et, en effet, un petit vieux ne tarda pas à paraître, en blouse aussi, un crayon à l'oreille. Ils échangèrent quelques mots et le nouveau venu prit l'étroit registre des mains de l'homme roux qui suivit son patron autour de la cour.

Maigret n'avait pas bougé. Les deux hommes entrèrent et Langlois annonça à voix haute :

— C'est un commissaire de la Police Judiciaire qui désire vous parler. Il paraît qu'il a besoin de vous.

— Quelques renseignements à vous demander, monsieur Pape. Si vous voulez m'accompagner...

Dieudonné Pape montra sa blouse.

— Je peux me changer ?

— Je vais avec vous.

Langlois ne dit pas au revoir au commissaire, qui suivit le magasinier jusqu'à une sorte de couloir transformé en vestiaire. Pape ne posa aucune question. Il devait avoir dépassé la cinquantaine et donnait l'impression d'un homme calme et méticuleux. Il endossa son pardessus, mit son chapeau, se dirigea vers la rue tandis que Judel marchait à sa droite et Maigret à sa gauche.

Il parut surpris qu'il n'y eût pas de voiture dehors, comme s'il s'était attendu à ce qu'on l'emmène tout de suite au Quai des Orfèvres. Quand, au coin de la rue, en face du bar peint en jaune, on le fit tourner à gauche au lieu de descendre vers le centre de la ville, il ouvrit la bouche pour dire quelque chose, s'arrêta à temps.

Judel avait compris que Maigret les conduisait au bar de Calas. La porte en était toujours fermée et Maigret frappa. Moers vint leur ouvrir.

— Entrez, Pape.

Maigret tournait la clef dans la serrure.

— Vous connaissez bien la maison, n'est-ce pas ?

L'homme était dérouté. S'il avait prévu qu'il serait interpellé par la police, il était en tout cas surpris de la façon dont les choses se passaient.

— Vous pouvez retirer votre pardessus. Il y a du feu. Asseyez-vous à votre place. Car je suppose que vous avez une place habituelle ?

— Je ne comprends pas.

— Vous êtes un familier de la maison, n'est-ce pas ?

— Je suis un client.

Il essayait de se rendre compte de ce que les hommes faisaient dans la cuisine avec leurs appareils et devait se demander où était Mme Calas.

— Un très bon client ?

— Un bon client.

— Vous êtes venu ici dimanche ?

Il avait une tête d'honnête homme, avec à la fois de la douceur et de la timidité dans ses yeux bleus comme dans les yeux de certains animaux qui semblent toujours se demander pourquoi les humains se montrent si durs avec eux.

— Asseyez-vous.

Il le fit, intimidé, parce qu'on le lui ordonnait.

— Je vous ai posé une question au sujet de dimanche.

— Je ne suis pas venu.

Il avait réfléchi avant de répondre.

— Vous êtes resté chez vous toute la journée ?

— Je suis allé chez ma sœur.

— Elle habite Paris ?

— Nogent-sur-Marne.

— Elle a le téléphone ?

— Le 317 à Nogent. Son mari est entrepreneur de construction.

— Vous avez rencontré d'autres personnes que votre sœur ?

— Son mari, ses enfants, puis, vers cinq heures, des voisins qui ont l'habitude d'aller chez elle jouer aux cartes.

Maigret fit signe à Judel, qui comprit et se dirigea vers la cabine téléphonique.

— A quelle heure avez-vous quitté Nogent ?

— J'ai pris le bus de huit heures.

— Vous n'êtes pas passé par ici avant de rentrer chez vous ?

— Non.

— Quand avez-vous vu Mme Calas pour la dernière fois ?

— Samedi.

— De quelle équipe étiez-vous la semaine dernière ?

— De l'équipe du matin.

— C'est donc après deux heures de l'après-midi que vous êtes venu ici ?

— Oui.

— Calas y était ?

Il dut encore réfléchir.

— Pas quand je suis arrivé.

— Mais il est rentré ?

— Je ne m'en souviens pas.

— Vous êtes resté longtemps dans le café ?

— Assez longtemps.

— C'est-à-dire ?

— Plus de deux heures. Je ne sais pas au juste.

— Qu'avez-vous fait ?

— J'ai pris un verre en bavardant.

— Avec des clients ?

— Surtout avec Aline.

Il rougit en prononçant ce nom et s'empressa d'expliquer :

— Je la considère comme une amie. Il y a longtemps que nous nous connaissons.

— Combien d'années ?

— Plus de dix ans.

— Voilà plus de dix ans que vous venez ici chaque jour ?

— Presque chaque jour.

— De préférence en l'absence du mari ?

Cette fois, il ne répondit pas, baissa la tête, préoccupé.

— Vous êtes son amant ?

— Qui vous a dit ça ?

— Peu importe. Vous l'êtes ?

Au lieu de répondre, il questionna, inquiet :

— Qu'est-ce que vous avez fait d'elle ?

Et Maigret répondit franchement :

— Elle est en ce moment chez le juge d'instruction.

— Pourquoi ?

— Pour répondre à certaines questions au sujet de la disparition de son mari. Vous n'avez pas lu le journal ?

Comme Dieudonné Pape restait immobile, à réfléchir, le regard perdu, Maigret appela :

— Moers ! Veux-tu lui prendre ses empreintes ?

L'homme se laissa faire, plus soucieux qu'effrayé, et ses doigts posés sur le papier ne tremblaient pas.

— Compare.

— Avec lesquelles ?

— Les deux de la cuisine, dont une est en partie effacée.

Quand Moers s'éloigna, Dieudonné Pape prononça doucement, d'un ton de reproche :

— Si c'est pour savoir si je suis allé dans la cuisine, vous n'aviez qu'à me le demander. Il m'arrive souvent de m'y rendre.

— Vous y êtes allé samedi dernier ?

— Je m'y suis préparé une tasse de café.

— Vous ne savez rien de la disparition d'Omer Calas ?

Il avait toujours l'air de réfléchir, en homme qui hésite à prendre une décision capitale.

— Vous ignorez qu'il a été assassiné et que son corps, dépecé, a été jeté dans le canal ?

Ce fut assez impressionnant. Ni Judel, ni Maigret ne s'y attendaient. Lentement, l'homme tourna son regard vers le commissaire, dont il parut scruter la physionomie, et il finit par prononcer, toujours d'une même voix douce qui contenait un reproche :

— Je n'ai rien à dire.

Maigret insista, aussi grave que son interlocuteur :

— C'est vous qui avez tué Calas ?

Et Dieudonné Pape répéta en hochant la tête :

— Je n'ai rien à dire.

7

Le chat de Mme Calas

Maigret était en train de manger son dessert quand il devint conscient de la façon dont sa femme l'observait, un sourire un tantinet moqueur et maternel sur les lèvres. Il feignit d'abord de ne pas le remarquer, plongea le nez dans son assiette, avala encore quelques cuillerées d'œufs au lait, avant de lever les yeux.

— J'ai une tache sur le bout du nez ? finit-il par grommeler.

— Non.

— Alors pourquoi ris-tu de moi ?

— Je ne ris pas. Je souris.

— Avec l'air de te moquer. Qu'ai-je de comique ?

— Tu n'es pas comique, Jules.

C'était rare qu'elle l'appelle ainsi, et cela arrivait seulement quand elle était attendrie.

— Qu'est-ce que je suis ?

— Te rends-tu compte que, depuis que tu es à table, tu n'as pas prononcé un seul mot ?

Non, il ne s'en était pas rendu compte.

— Pourrais-tu dire ce que tu as mangé ?

Il répondit, faussement grognon :

— Des rognons d'agneau.

— Et avant ?

— De la soupe.

— A quoi ?

— Je ne sais pas. Sans doute aux légumes.

— C'est cette femme qui te tracasse à ce point-là ?

La plupart du temps, et c'était encore le cas cette fois-ci, Mme Maigret ne savait des affaires dont son mari s'occupait que ce qu'elle en lisait dans les journaux.

— Tu ne crois pas qu'elle l'ait tué ?

Il haussa les épaules en homme qui essaie de se débarrasser d'une idée fixe.

— Je n'en sais rien.

— Ou bien que Dieudonné Pape l'ait fait et qu'elle soit sa complice ?

Il avait envie de lui répondre que cela n'avait aucune importance. Et, en effet, à ses yeux, ce n'était pas la question. Ce qui importait, c'était de comprendre. Or, non seulement il ne comprenait pas encore, mais il pataugeait davantage à mesure qu'il connaissait mieux les personnages.

S'il était rentré dîner chez lui au lieu de rester attelé à son enquête, c'était justement pour se changer les idées, pour se retremper dans le train-train de tous les jours, comme pour voir sous un autre angle les protagonistes du drame du quai de Valmy.

Au lieu de cela, comme sa femme le lui faisait remarquer en le taquinant, il avait dîné sans ouvrir la bouche, sans cesser un instant de penser à Mme Calas, à Pape et, incidemment, au jeune Antoine.

C'était rare qu'il se sente si loin de la solution

d'un problème, plus exactement qu'un problème se pose de cette façon-là, aussi peu technique.

Les sortes de crimes ne sont pas si nombreuses. En général, on peut les classer, grosso modo, en trois ou quatre grandes catégories.

Les crimes de professionnels ne posent que des questions de routine. Qu'un mauvais garçon de la bande des Corses descende, dans un bar de la rue de Douai, un membre de la bande des Marseillais, cela devient, pour le Quai des Orfèvres, un problème quasi mathématique, qui se résout à l'aide d'une routine consacrée.

Qu'un ou deux jeunes dévoyés attaquent une tenancière de bureau de tabac ou un encaisseur de banque et cela entraîne une chasse à l'homme qui a ses règles aussi.

Dans le crime passionnel, on sait tout de suite où on va.

Dans le crime d'intérêt, enfin, à base d'héritage, d'assurance-vie ou d'un plan plus compliqué, pour se procurer l'argent de la victime, on avance sur un terrain sûr dès qu'on a découvert le mobile.

C'était, en l'occurrence, sur ce terrain-là que se plaçait le juge Coméliau, peut-être parce qu'il ne pouvait admettre que des gens appartenant à un monde autre que le sien, à plus forte raison des habitants du quai de Valmy, puissent avoir une vie intime compliquée.

Du moment que Dieudonné Pape était l'amant de Mme Calas, Dieudonné Pape et Mme Calas s'étaient débarrassés du mari, à la fois pour être libres et pour s'emparer de son argent.

— Il y a plus de dix ans qu'ils sont amants,

141

avait rétorqué Maigret. Pourquoi auraient-ils attendu tout ce temps-là ?

Le juge écartait l'objection du geste. Calas pouvait avoir touché une somme assez importante, ou bien les amants avaient attendu une occasion propice, ou encore Mme Calas et son mari s'étaient disputés et Mme Calas avait décidé qu'elle en avait assez. Ou...

— Et si nous découvrons qu'en dehors de son bistrot, qui ne vaut pas lourd, Calas n'avait pas d'argent ?

— Il reste le bistrot. Dieudonné en a eu assez de travailler aux Transports Zénith et a décidé de finir ses jours en pantoufles dans la chaude atmosphère d'un petit café.

C'était la seule objection qui avait quelque peu troublé Maigret.

— Et Antoine Cristin ?

Maintenant, en effet, le juge avait sur les bras deux coupables possibles au lieu d'un. Cristin aussi était l'amant de Mme Calas, et il était plus susceptible que Pape d'avoir eu besoin d'argent.

— Les deux autres se sont servis de lui. Vous verrez que nous découvrirons qu'il a été leur complice.

Voilà ce que l'histoire devenait en passant du quai de Valmy au cabinet d'un juge d'instruction. Et, en attendant que la vérité se fasse jour, ils étaient tous les trois bouclés.

Maigret était d'autant plus maussade, fâché contre lui-même, qu'il n'avait pas tenté de résister à Coméliau, qu'il avait cédé tout de suite, par paresse, par crainte de complications.

Dès le début de sa carrière, il avait appris de ses aînés, puis par sa propre expérience, qu'il ne faut jamais questionner un suspect sur le fond avant de s'être fait une idée nette sur l'affaire. Un interrogatoire ne consiste pas à lancer des hypothèses au petit bonheur, à répéter à quelqu'un qu'il est coupable en espérant qu'après lui avoir martelé le cerveau pendant un certain nombre d'heures il avouera.

Même le plus borné des accusés est comme doué d'un sixième sens et sent immédiatement si la police affirme au hasard ou si elle n'avance que sur des bases solides.

Maigret, toujours, avait préféré attendre. Il lui arrivait même, dans les cas difficiles, quand il ne se sentait pas sûr de lui, de juger préférable de laisser le suspect en liberté aussi longtemps qu'il le fallait, quitte à prendre un certain risque.

Cela lui avait toujours réussi.

— Un suspect qu'on arrête, disait-il volontiers, ressent, contrairement à ce qu'on pourrait croire, un certain soulagement, car il sait désormais sur quel terrain il se trouve. Il n'a plus à se demander si on le suit, si on l'épie, si on le soupçonne, si on n'est pas en train de lui tendre un piège. On l'accuse. Donc, il se défend. Et il jouit désormais de la protection de la loi. En prison, il devient un être presque sacré et tout ce qu'on fera contre lui devra être accompli selon un certain nombre de règles précises.

Aline Calas l'avait bien montré. Une fois dans le cabinet du juge, elle n'avait pour ainsi dire plus desserré les dents. Coméliau n'avait pas obtenu d'elle plus de réactions que d'une des pierres transportées par les frères Naud.

— Je n'ai rien à dire, se contentait-elle de prononcer d'une voix neutre.

Et, comme il la pressait de questions, elle avait ajouté :

— Vous n'avez pas le droit de m'interroger sans la présence d'un avocat.

— Dans ce cas, dites-moi le nom de votre avocat.

— Je n'en ai pas.

— Voici la liste des membres du Barreau de Paris. Choisissez un nom.

— Je ne les connais pas.

— Choisissez au hasard.

— Je n'ai pas d'argent.

On était obligé de nommer un avocat d'office, ce qui entraînait des formalités et prenait un certain temps.

Coméliau avait fait monter le jeune Antoine, vers la fin de l'après-midi, et celui-ci qui, pendant des heures, avait résisté aux questions de Lapointe, n'allait pas en dire davantage au magistrat.

— Je n'ai pas tué M. Calas. Je ne suis pas allé quai de Valmy samedi après-midi. Je n'ai pas déposé de valise à la consigne de la gare de l'Est. L'employé ment ou se trompe.

Sa mère, pendant ce temps-là, un mouchoir roulé en boule à la main, les yeux rouges, attendait dans le couloir de la P.J. Lapointe était allé lui parler. Lucas avait essayé à son tour. Elle s'obstinait à attendre, répétant qu'elle voulait voir le commissaire Maigret.

Cela arrivait souvent avec des gens simples, qui se figurent qu'ils n'obtiendront rien des sous-ordres et qui tiennent coûte que coûte à parler au grand patron.

Le commissaire n'aurait pas pu la recevoir à ce moment-là, car il quittait le bar du quai de Valmy en compagnie de Judel et de Dieudonné Pape.

144

— Tu fermeras et apporteras la clef au Quai ? recommandait-il à Moers.

Tous les trois avaient franchi la passerelle et gagné le quai de Jemmapes. La rue des Ecluses-Saint-Martin était à deux pas, dans un quartier tranquille qui, derrière l'hôpital Saint-Louis, faisait penser à la province. Pape n'avait pas de menottes. Maigret avait jugé qu'il n'était pas homme à essayer de s'enfuir en fonçant à toutes jambes devant lui.

Il était calme et digne, du même calme, aurait-on dit, que Mme Calas, ne paraissait pas tellement accablé que triste, avec une sorte de voile qui ressemblait à de la résignation.

Il parlait peu. Il ne devait jamais parler beaucoup. Il ne répondait aux questions que par les mots indispensables et parfois ne répondait pas du tout, se contentant de regarder le commissaire de ses yeux bleu lavande.

Il habitait un vieil immeuble de cinq étages à l'aspect assez confortable et petit-bourgeois. Quand ils passèrent devant la loge, la concierge se leva pour venir les regarder à travers la vitre mais ils ne s'arrêtèrent pas, montèrent au second étage où Pape ouvrit avec sa clef la porte de gauche.

Son appartement était composé de trois pièces, une salle à manger, une chambre, une cuisine, sans compter une sorte de débarras qu'on avait transformé en salle de bains et où Maigret fut assez surpris de trouver une baignoire. Les meubles, sans être modernes, étaient moins vieillots qu'au quai de Valmy et le tout était d'une propreté remarquable.

— Vous avez une femme de ménage ? avait demandé Maigret avec surprise.

— Non.

— Vous faites vous-même le nettoyage ?

Dieudonné Pape n'avait pu s'empêcher de sourire avec satisfaction, fier de son intérieur.

— La concierge ne monte jamais vous donner un coup de main ?

Au-delà de la fenêtre de la cuisine était suspendu un garde-manger, assez bien garni de victuailles.

— Vous préparez aussi vos repas ?

— Toujours.

Au-dessus de la commode, dans la salle à manger, on voyait, dans un cadre doré, une photographie agrandie de Mme Calas, si pareille à celles qu'on trouve dans la plupart des petits ménages qu'elle donnait une atmosphère bourgeoise et conjugale à l'appartement.

Se souvenant qu'on n'avait trouvé aucune photo quai de Valmy, Maigret avait questionné :

— Comment vous l'êtes-vous procurée ?

— Je l'ai prise avec mon appareil et l'ai fait agrandir boulevard Saint-Martin.

L'appareil photographique était dans un tiroir de la commode. Dans un angle de la salle de bains une petite table était couverte de baquets de verre et de flacons de produits servant à développer les pellicules.

— Vous faites beaucoup de photographie ?

— Oui. Surtout du paysage.

C'était vrai. En fouillant les meubles, Maigret avait trouvé un lot de photographies représentant des coins de Paris et, en moins grand nombre, des vues de la campagne. Beaucoup représentaient le canal et la Seine. Pour la plupart, Dieudonné Pape avait dû longtemps attendre, afin d'obtenir certains effets de lumière assez étonnants.

— Quel costume portiez-vous pour aller chez votre sœur ?

— Le bleu marine.

Il possédait trois complets, y compris celui qu'il avait sur le corps.

— Tu les emportes, avait dit Maigret à Judel. Les souliers aussi.

Et, comme il trouvait du linge sale dans un panier d'osier, il l'avait fait joindre au reste.

Il avait remarqué un canari qui sautillait dans une cage, mais ce n'est qu'au moment de sortir qu'il pensa à ce qu'il allait devenir.

— Vous connaissez quelqu'un qui acceptera de s'en occuper ?

— Je suppose que la concierge le fera volontiers.

Maigret avait emporté la cage et s'était arrêté devant la loge à laquelle il n'avait pas eu besoin de frapper.

— Vous ne voulez pas dire que vous l'emmenez ? s'était-elle écriée avec colère.

Ce n'était pas du canari qu'elle parlait, mais de son locataire. Elle avait reconnu Judel, qui était du quartier. Peut-être avait-elle reconnu Maigret aussi. Et elle avait lu les journaux.

— Traiter un homme comme lui, le meilleur de la terre, comme un malfaiteur !

Elle était toute petite, noiraude, débraillée. Sa voix était pointue. On aurait pu s'attendre, tant elle était furieuse, à ce qu'elle se mette à griffer.

— Voulez-vous vous charger du canari pendant quelque temps ?

Elle lui avait littéralement arraché la cage des mains.

— Vous verrez ce que les locataires et tous les gens du quartier vont dire ! Et d'abord, monsieur Dieudonné, nous irons tous vous voir à la prison.

Les femmes du peuple, passé un certain âge, vouent souvent ce genre de culte à des célibataires ou à des veufs comme Dieudonné Pape dont elles admirent la vie réglée. Quand les trois hommes s'éloignèrent, elle était encore sur le trottoir, à pleurer et à faire des signes d'adieu.

Maigret avait dit à Judel :

— Porte les vêtements et les chaussures à Moers. Il saura ce qu'il doit en faire. Qu'on continue à surveiller la maison du quai de Valmy.

Il ordonnait cette surveillance sans raison précise, plutôt pour éviter tout reproche qu'on pourrait lui adresser par la suite. Docile, Dieudonné Pape attendait au bord du trottoir et, un peu plus tard, régla son pas sur celui de Maigret tandis que tous les deux longeaient le canal en quête d'un taxi.

Dans la voiture, il ne dit rien et Maigret, de son côté, évita de lui poser des questions. Bourrant sa pipe, il la tendit à son compagnon.

— Vous fumez la pipe ?

— Non.

— La cigarette ?

— Je ne fume pas.

Il posa quand même une question, mais qui ne paraissait avoir aucun rapport avec la mort de Calas.

— Vous ne buvez pas non plus ?

— Non.

C'était une anomalie supplémentaire. Maigret avait de la peine à accorder cela avec le reste.

Mme Calas était une alcoolique et il y avait des années qu'elle avait commencé à boire, vraisemblablement avant même de connaître Pape.

Or, il est rare que quelqu'un qui boit par nécessité supporte la présence d'une personne sobre.

Le commissaire avait connu des couples plus ou moins semblables à celui que formaient Mme Calas et Dieudonné Pape. Dans chacun des cas dont il se souvenait, l'homme et la femme se livraient à la boisson.

Il avait ruminé tout cela à table, inconsciemment, pendant que sa femme l'observait sans qu'il s'en rende compte. Il avait pensé à bien d'autres choses.

A la mère d'Antoine, entre autres, qu'il avait trouvée dans le couloir de la P.J. et qu'il avait introduite dans son bureau. A cette heure-là, il avait déjà confié Pape à Lucas en lui recommandant :

— Préviens Coméliau qu'il est ici et, si le juge le le demande, conduis-le chez lui. Sinon, emmène-le au Dépôt.

Pape n'avait pas réagi, avait suivi Lucas dans un des bureaux tandis que Maigret s'éloignait avec la femme.

— Je vous jure, monsieur le commissaire, que mon fils est incapable d'avoir fait ça. Il ne ferait pas de mal à une mouche. Il essaie d'avoir l'air d'un dur, parce que c'est la mode parmi les garçons d'aujourd'hui. Moi, qui le connais, je sais que ce n'est qu'un enfant.

— Je vous crois, madame.

— Alors, si vous me croyez, pourquoi ne me le rendez-vous pas ? Je vous promets que je ne le laisserai plus sortir le soir et que je l'empêcherai d'aller voir des femmes. Quand je pense que celle-là a presque mon âge et n'a pas honte de s'en prendre à un gamin dont elle pourrait être la mère ! Je sentais bien, depuis quelque temps, qu'il y avait quelque chose sous roche. Quand je l'ai vu s'acheter du cosmétique pour les cheveux, se laver les dents deux fois par jour, et même mettre du parfum, je me suis dit...

— Vous n'avez que cet enfant-là ?

— Oui. Et je l'élève avec d'autant plus de soin que son père est mort tuberculeux. J'ai tout fait pour lui, monsieur le commissaire. Si seulement je pouvais le voir, lui parler ! Vous croyez qu'on ne me laissera pas, qu'on peut empêcher une mère de voir son fils ?

Il n'avait que la ressource de l'envoyer à Coméliau. C'était un peu lâche, il le savait, mais il n'avait pas le choix. Elle avait dû attendre encore sur un banc, dans le couloir, là-haut, et Maigret ignorait si le juge avait fini par la recevoir.

Moers était rentré au Quai des Orfèvres un peu avant six heures et lui avait remis la clef du quai de Valmy, une grosse clef d'un vieux modèle que Maigret avait en poche en même temps que la clef de l'appartement de Pape.

— Judel t'a confié les vêtements, les chaussures et le linge ?

— Oui. Je les ai au laboratoire. Je suppose que je dois chercher des traces de sang ?

— Surtout, oui. Demain matin, je t'enverrai peut-être dans son appartement.

— Je reviendrai travailler ce soir après avoir mangé un morceau. Je suppose que c'est urgent ?

C'était toujours urgent. Plus on s'attarde à

une affaire, moins les pistes sont fraîches et plus les gens ont eu le temps de se mettre en garde.

— Vous passerez ce soir ?

— Je l'ignore. En partant, laisse quand même une note sur mon bureau.

Comme il se levait en bourrant sa pipe, en homme qui ne sait où se mettre, et comme il regardait son fauteuil avec hésitation, Mme Maigret risqua :

— Qu'en dirais-tu de laisser ton esprit en repos pendant un soir ? Ne pense plus à ton affaire. Lis, ou bien, si tu préfères, allons au cinéma, et demain matin tu te réveilleras avec les idées fraîches.

Il lui lança un regard narquois.

— Tu as envie d'aller au cinéma ?

— On joue un assez bon film au Moderne.

Elle lui servit son café et, s'il avait eu une pièce de monnaie à la main, il aurait été tenté de jouer sa soirée à pile ou face.

Mme Maigret avait bien soin de ne pas le presser, de lui laisser prendre son café à petites gorgées. Il arpenta la salle à manger à grands pas, s'arrêtant de temps en temps pour fixer le tapis.

— Non ! décida-t-il enfin.

— Tu sors ?

— Oui.

Avant de passer son manteau, il se versa un petit verre de prunelle.

— Tu rentreras tard ?

— Je ne sais pas. C'est improbable.

Peut-être parce qu'il n'avait pas l'impression que ce qu'il allait faire avait assez d'importance, il ne prit pas de taxi, n'appela pas non plus le Quai des Orfèvres pour se faire envoyer une des voitures du service. Il marcha jusqu'à l'entrée du métro, ne sortit du souterrain qu'à la station Château-Landon.

Le quartier avait repris sa physionomie inquiétante de la nuit, avec des ombres le long des maisons, des femmes immobiles au bord des trottoirs et, dans les bars, un éclairage glauque qui les faisait ressembler à des aquariums.

Un homme se tenait debout à quelques pas de la porte des Calas et se précipita vers Maigret quand celui-ci s'arrêta, lui braqua une torche électrique sur le visage.

— Oh ! Pardon, monsieur le commissaire. Je ne vous avais pas reconnu dans l'obscurité.

C'était un des agents de Judel.

— Rien à signaler ?

— Rien. Ou plutôt si. Je ne sais pas si c'est intéressant. Voilà une heure environ, un taxi est passé sur le quai et s'est mis à ralentir à environ cinquante mètres. Il a continué à rouler, plus lentement encore en arrivant devant la maison, mais il ne s'est pas arrêté.

— Tu as vu qui était dedans ?

— Une femme. Lorsque la voiture est passée devant le bec de gaz, j'ai pu constater qu'elle était jeune, vêtue d'un manteau gris, sans chapeau. Plus loin, le taxi a repris de la vitesse et a tourné à gauche dans la rue Louis-Blanc.

Etait-ce Lucette, la fille de Mme Calas, qui était venue s'assurer que sa mère n'avait pas été remise en liberté ? Elle savait par les journaux qu'on l'avait emmenée au Quai des Orfèvres mais, jusqu'ici, les journaux n'avaient rien dit de plus.

— Tu crois qu'elle t'a vu ?

152

— C'est probable. Judel ne m'a pas recommandé de me cacher. La plus grande partie du temps, je fais les cent pas pour me réchauffer.

Une autre hypothèse pouvait s'envisager. Lucette Calas n'avait-elle pas l'intention d'entrer dans la maison au cas où celle-ci n'aurait pas été surveillée ? Et, dans ce cas, pour y prendre quoi ?

Il haussa les épaules, tira la clef de sa poche, la fit tourner dans la serrure. Il ne trouva pas tout de suite l'interrupteur électrique dont il n'avait pas encore eu l'occasion de se servir. Une seule lampe s'alluma et il dut aller vers le bar où se trouvait un autre interrupteur pour allumer la lampe du fond.

Moers et ses aides avaient tout remis en ordre avant leur départ, de sorte qu'il n'y avait rien de changé dans le petit café, sinon que le feu avait fini par s'éteindre et que l'air s'était refroidi. Alors qu'il se dirigeait vers la cuisine, Maigret sursauta, car quelque chose venait de remuer sans bruit près de lui et il lui fallut quelques secondes pour se rendre compte que c'était le chat qu'il avait laissé tout à l'heure chez la bouchère.

L'animal se frottait maintenant contre sa jambe et Maigret se pencha pour le caresser en grommelant :

— Par où es-tu entré, toi ?

Cela le tracassa. La porte qui, de la cuisine, donnait dans la cour, était fermée au verrou. La fenêtre était fermée aussi. Il s'engagea dans l'escalier, fit de la lumière au premier étage où il comprit en trouvant une fenêtre entrouverte. Il existait une remise dans la cour de la maison voisine, avec un toit de zinc d'où le chat s'était élancé pour un saut de plus de deux mètres.

Maigret redescendit, et, comme il restait un peu de lait dans le broc de faïence, il le donna à la bête.

— Et maintenant ? dit-il tout haut comme s'il s'adressait à l'animal.

De quoi avaient-ils l'air tous les deux, dans la maison vide ?

Il ne s'était jamais rendu compte de ce qu'un comptoir de bar, sans patron derrière, sans clients, peut avoir de solitaire et de désolé. C'était pourtant ainsi que la pièce se présentait chaque soir quand Calas, les derniers consommateurs partis, avait mis les volets et tourné la clef dans la serrure.

Ils restaient tous les deux alors, lui et sa femme, et ils n'avaient plus qu'à éteindre, à traverser la cuisine et à monter se coucher. Mme Calas était le plus souvent dans un état de torpeur hébétée que lui donnaient toutes les lampées de cognac prises dans la journée.

Devait-elle se cacher de son mari pour boire ? Ou bien, satisfait des récréations qu'il s'offrait dehors chaque après-midi, traitait-il avec indulgence la passion de sa femme pour la bouteille ?

Maigret constatait tout à coup qu'il y avait un personnage dont on ne savait à peu près rien et que c'était le mort. Dès le début, pour tout le monde, il avait été l'homme coupé en morceaux. Chose curieuse, que le commissaire avait souvent remarquée, les gens n'ont pas les mêmes réactions, la même pitié par exemple, ou la même répulsion, devant des membres retrouvés par-ci par-là que devant un cadavre entier. On dirait que le mort devient plus anonyme, presque bouffon, et c'est tout juste si on n'en parle pas avec un sourire.

Il n'avait vu ni la tête de Calas, qu'on n'avait toujours pas retrouvée et qu'on ne retrouverait sans doute jamais, ni sa photographie.

L'homme était d'origine paysanne, court et trapu. Il allait chaque année acheter du vin chez les vignerons des environs de Poitiers, portait des complets de laine assez fine et jouait l'après-midi au billard dans les environs de la gare de l'Est.

En dehors de sa femme, existait-il une femme ou plusieurs dans sa vie ? Pouvait-il ignorer ce qui se passait chez lui en son absence ?

Il avait fatalement rencontré Pape et, s'il était doué de la moindre subtilité, il avait deviné les relations qui s'étaient établies entre celui-ci et sa femme.

Tous deux ne donnaient pas seulement l'impression d'une paire d'amants mais plutôt d'un déjà vieux ménage, des gens qu'unit un sentiment paisible et profond, à base de compréhension mutuelle, d'indulgence, de cette tendresse spéciale qu'on ne rencontre que chez les couples d'un certain âge qui ont beaucoup à se faire pardonner.

S'il savait cela, est-ce qu'il s'y résignait ? Fermait-il les yeux, ou, au contraire, faisait-il des scènes à sa femme ?

Quelle était sa réaction devant les autres, ceux, comme le jeune Antoine, qui venaient subrepticement profiter de la faiblesse d'Aline Calas ? Savait-il cela aussi ?

Maigret avait fini par se diriger vers le bar et sa main hésitait entre les bouteilles d'alcool, finissait par saisir une bouteille de calvados. Il pensa qu'il ne faudrait pas oublier de mettre l'argent dans le tiroir-caisse. Le chat était allé s'asseoir près du poêle et, au lieu de s'y endormir, s'agitait, surpris de ne sentir aucune chaleur.

Maigret comprenait les relations entre Mme Calas et Pape. Il comprenait Antoine aussi, et les autres qui ne faisaient que passer.

Ce qu'il ne comprenait pas, c'était Calas et sa femme. Comment et pourquoi ces deux-là s'étaient-ils mis ensemble, s'étaient-ils mariés ensuite, avaient-ils vécu enfin pendant tant d'années l'un avec l'autre, avaient-ils même eu une fille dont ils semblaient s'être désintéressés comme si elle n'avait rien de commun avec eux ?

Aucune photographie ne venait l'éclairer, aucune correspondance, rien de ce qui, dans un intérieur, permet de deviner la mentalité de ses habitants.

Il vida son verre et s'en servit un autre avec mauvaise humeur, puis, son verre à la main, alla s'installer à la table où il avait vu Mme Calas s'asseoir comme si c'était sa place habituelle.

Il frappa sa pipe contre son talon, en bourra une autre, l'alluma, les yeux fixés sur le comptoir, sur les verres, sur les bouteilles, et il se demanda alors s'il n'était pas en train de trouver la réponse à sa question, à une partie tout au moins de sa question.

De quoi, en somme, la maison était-elle composée ? D'une cuisine où l'on ne mangeait pas, car le couple prenait ses repas dans le café, à la table du fond, puis d'une chambre où l'on ne faisait que dormir.

Qu'il s'agisse de Calas ou de sa femme, c'était

156

ici qu'ils vivaient, dans le bar, qui constituait pour eux ce que la salle à manger ou la pièce commune sont à un ménage ordinaire.

Quand le couple était arrivé à Paris, ne s'était-il pas tout de suite, ou presque, installé quai de Valmy, d'où il n'avait plus bougé ?

Maigret avait même l'impression, maintenant, que cela éclairait aussi d'un jour nouveau les relations de Mme Calas et de Dieudonné Pape et il sourit.

Cela restait assez vague et il aurait été incapable d'exprimer sa pensée par des phrases précises. Il n'en perdait pas moins cette mollesse qui affectait son comportement depuis quelques heures. Vidant son verre, il se dirigea vers la cabine, composa le numéro du Dépôt.

— Ici, le commissaire Maigret. Qui est à l'appareil ? C'est vous, Joris ? Comment est votre nouvelle cliente ? La femme Calas, oui, comme vous dites. Comment ? Et qu'est-ce que vous avez fait ?

Il la plaignait. Deux fois, elle avait appelé. Les deux fois, elle avait essayé de décider le gardien à lui apporter un peu d'alcool en lui promettant de lui payer n'importe quel prix. L'idée ne lui était pas venue qu'elle allait terriblement souffrir d'en être privée.

— Non, évidemment...

Il ne pouvait conseiller à Joris de lui en donner en dépit des règlements. Peut-être lui en porterait-il lui-même, le lendemain matin, ou lui en donnerait-il dans son bureau ?

— Je voudrais que vous regardiez dans les papiers qu'on lui a pris. Sa carte d'identité doit s'y trouver. Je sais qu'elle vient des environs de

Gien, mais je ne me souviens pas du nom du village.

Il dut attendre assez longtemps.

— Comment ? Boissancourt, par Saint-André. Boissancourt avec un A ? Merci, vieux ! Bonne nuit ! Ne soyez pas trop dur pour elle.

Il appela les Renseignements, se nomma.

— Voudriez-vous être assez gentille, mademoiselle, pour chercher Boissancourt, par Saint-André, entre Montargis et Gien, et me lire la liste des abonnés.

— Vous restez à l'appareil ?

— Oui.

Ce ne fut pas long car la surveillante était excitée à l'idée de collaborer avec le fameux commissaire Maigret.

— Vous prenez note ?

— Oui.

— Aillevard, route des Chênes, sans profession.

— Passez.

— Ancelin, Victor, boucher. Vous ne voulez pas le numéro ?

— Non.

— Honoré de Boissancourt, château de Boissancourt.

— Passez.

— Docteur Camuzct.

— Donnez-moi quand même son numéro.

— Le 17.

— Ensuite ?

— Calas, Robert, négociant en bestiaux.

— Numéro ?

— 21.

— Calas, Julien, épicier. Le numéro est 3.

— Pas d'autre Calas ?

— Non. Il y a un Louchez, sans profession, un Piedbœuf, maréchal-ferrant, et un Simonin, marchand de grains.

— Voulez-vous m'appeler le premier Calas de la liste, puis, probablement, le second ?

Il entendit les demoiselles du téléphone s'entretenir le long de la ligne, une voix annoncer :

— Saint-André écoute.

Puis on sonna le 21 et la sonnerie résonna longtemps avant qu'une voix de femme se fasse entendre.

— Qu'est-ce que c'est ?

— Ici, le commissaire Maigret, de la Police Judiciaire de Paris. Vous êtes Mme Calas ? Votre mari est chez vous ?

Il était au lit avec la grippe.

— Etes-vous de la même famille qu'un certain Omer Calas ?

— Qu'est-ce qu'il est devenu, celui-là ? Il a fait un mauvais coup ?

— Vous le connaissez ?

— C'est-à-dire que je ne l'ai jamais vu, car je ne suis pas d'ici, mais de la Haute-Loire, et il était déjà parti quand je me suis mariée.

— C'est un parent de votre mari ?

— Son cousin germain. Il a encore un frère dans le pays, Julien, qui est épicier.

— Vous ne savez rien de plus à son sujet ?

— Au sujet d'Omer ? Non, et je ne tiens pas à en savoir davantage.

Elle dut raccrocher, car une autre voix demanda :

— Vous désirez la seconde communication, monsieur le commissaire ?

On répondit plus rapidement et il y eut un

homme au bout de la ligne. Celui-ci était encore plus réticent.

— J'entends bien ce que vous me dites. Mais qu'est-ce que vous me voulez au juste ?

— Omer Calas était votre frère ?

— J'ai eu un frère qui s'appelait Omer.

— Il est mort ?

— Je n'en sais rien. Il y a plus de vingt ans, presque vingt-cinq, que je n'ai plus de ses nouvelles.

— Un certain Omer Calas a été assassiné à Paris.

— J'ai entendu ça tout à l'heure à la radio.

— Vous avez entendu son signalement aussi ? Cela ressemble-t-il à votre frère ?

— Après si longtemps, on ne peut rien dire.

— Vous saviez qu'il habitait Paris ?

— Non.

— Qu'il était marié ?

Silence.

— Vous connaissez sa femme ?

— Ecoutez. Je n'ai rien à vous dire. Quand mon frère est parti, j'avais quinze ans. Je ne l'ai pas revu. Je n'ai jamais reçu de lettres de lui. Je ne cherche pas à savoir. Si vous voulez des renseignements, vous feriez mieux de vous adresser à maître Canonge.

— Qui est-ce ?

— Le notaire.

Quand il eut enfin le numéro du notaire Canonge, la femme de celui-ci s'écria :

— Pour une coïncidence, c'est une coïncidence !

— Quoi ?

— Que vous téléphoniez justement. Comment avez-vous su ? Tout à l'heure, après avoir entendu la nouvelle à la radio, mon mari s'est demandé s'il devait vous téléphoner ou aller vous voir. Il a finalement décidé de se rendre à Paris et a pris le train de 8 h 22. Il sera à la gare d'Austerlitz un peu après minuit, je ne sais pas à quelle heure au juste.

— Où a-t-il l'habitude de descendre ?

— Jadis, le train allait jusqu'à la gare d'Orsay et il continue à descendre à l'*Hôtel d'Orsay*.

— Comment est votre mari ?

— Un bel homme, grand et fort, avec des cheveux gris. Il porte un pardessus brun, un complet brun et, outre sa serviette, il a emporté une valise en peau de porc. Je me demande encore ce qui vous a fait penser à lui.

Quand Maigret raccrocha, il eut malgré lui un sourire satisfait, faillit s'offrir un dernier petit verre mais se dit qu'il aurait tout le temps d'en prendre à la gare.

Il lui restait à téléphoner à Mme Maigret qu'il rentrerait assez tard dans la nuit.

8

Le notaire de Saint-André

Mme Canonge n'avait pas exagéré. Son mari était réellement un bel homme d'environ soixante ans qui faisait penser davantage à un *gentleman farmer* qu'à un tabellion de province. Maigret, debout à l'extrémité du quai, près de la barrière, le reconnut tout de suite de loin, marchant d'un bon pas parmi les voyageurs du train de minuit 22 qu'il dominait de la taille, une valise en peau de porc d'une main, sa serviette de l'autre, et on devinait à son aisance qu'il était un habitué de la gare et même de ce train-là.

Grand et fort, il était le seul à être vêtu avec une recherche presque trop marquée. Son pardessus n'était pas d'un brun quelconque, mais d'un marron rare et doux que Maigret n'avait jamais vu, et sa coupe révélait le grand tailleur.

Il avait le teint coloré sous ses cheveux argentés et, même dans la mauvaise lumière du hall de gare, on sentait l'homme soigné, rasé de près, peut-être discrètement parfumé à l'eau de Cologne.

Une cinquantaine de mètres avant la barrière, son regard avait repéré Maigret parmi les personnages qui attendaient et il avait froncé les sourcils, en homme qui n'est pas sûr de sa mémoire. Lui aussi avait dû voir souvent la photographie du commissaire dans les journaux. Arrivé plus près, il hésitait encore à lui sourire, à s'avancer la main tendue.

Ce fut Maigret qui fit deux pas en avant.

— Maître Canonge ?

— Oui. Vous êtes le commissaire Maigret ?

Il déposait sa valise à ses pieds, serrait la main offerte.

— Vous n'allez pas me dire que c'est par hasard que vous êtes ici ?

— Non. J'ai téléphoné chez vous au cours de la soirée. Votre femme m'a appris que vous aviez pris le train et que vous descendriez à l'*Hôtel d'Orsay*. Pour plus de sécurité, j'ai préféré venir vous attendre.

Il restait un détail que le notaire ne comprenait pas.

— Vous avez lu mon annonce ?

— Non.

— Curieux ! Je pense que nous devons d'abord sortir d'ici. Vous m'accompagnez à l'*Hôtel d'Orsay* ?

Ils prirent un taxi.

— Je suis venu à Paris pour vous voir et comptais vous téléphoner demain à la première heure.

Maigret ne s'était pas trompé. Son compagnon répandait une légère odeur d'eau de Cologne et de cigare fin.

— Vous avez mis Mme Calas en prison ?

— Le juge Coméliau a signé un mandat d'arrêt.

— C'est une histoire extraordinaire...

164

Ils suivaient les quais et, quelques minutes plus tard, arrivaient devant l'*Hôtel d'Orsay* où le portier accueillit le notaire comme un vieux client.

— Je suppose que le restaurant est fermé, Alfred ?

— Oui, monsieur Canonge.

Celui-ci expliquait à Maigret, qui le savait fort bien :

— Avant la guerre, quand tous les trains du P.O. venaient jusqu'ici, le restaurant de la gare restait ouvert la nuit. C'était pratique. Je suppose que cela ne vous tente pas de causer dans une chambre d'hôtel ? Nous pourrions peut-être aller prendre un verre quelque part ?

Ils durent marcher assez loin dans le boulevard Saint-Germain, pour trouver une brasserie ouverte.

— Qu'est-ce que vous buvez, commissaire ?

— Un demi.

— Avez-vous une très bonne fine pour moi, garçon ?

Tous les deux, débarrassés de leur chapeau et de leur pardessus, s'étaient installés sur la banquette et, tandis que Maigret allumait sa pipe, Canonge coupait le bout d'un cigare à l'aide d'un canif d'argent.

— Je suppose que vous n'êtes jamais venu à Saint-André ?

— Jamais.

— C'est à l'écart de la grand-route et il n'y a rien pour attirer le touriste. Si j'ai bien compris ce que la radio a annoncé cet après-midi, l'homme coupé en morceaux du Canal Saint-Martin n'est autre que cette canaille de Calas ?

— Ses empreintes correspondent avec celles

qui ont été relevées dans la maison du quai de Valmy.

— Lorsque j'ai lu les quelques lignes que les journaux ont consacrées à la découverte du corps, j'en ai eu l'intuition et j'ai même failli vous passer un coup de fil.

— Vous connaissiez Calas ?

— Je l'ai connu, autrefois. J'ai mieux connu celle qui est devenue sa femme. A votre santé ! Ce que je me demande à présent, c'est par où commencer, car l'histoire est plus compliquée qu'on pourrait le croire. Aline Calas ne vous a pas parlé de moi ?

— Non.

— Vous la croyez mêlée au meurtre de son mari ?

— Je ne sais pas. Le juge d'instruction en est persuadé.

— Que dit-elle pour sa défense ?

— Rien.

— Elle avoue ?

— Non. Elle se contente de se taire.

— Je crois, commissaire, que c'est le personnage le plus extraordinaire que j'aie rencontré de ma vie. Et pourtant, dans les campagnes, nous voyons un certain nombre de phénomènes, je vous assure.

Il devait être habitué à ce qu'on l'écoute et il s'écoutait lui-même parler, avec pour tenir son cigare entre ses doigts soignés un geste bien à lui qui mettait en valeur une chevalière en or.

— Il vaut mieux que je commence par le commencement. Vous n'avez jamais entendu parler d'Honoré de Boissancourt, évidemment ?

Le commissaire fit signe que non.

— C'est, ou plutôt c'était encore il y a un

mois, dans notre région, le « riche homme ». Outre le château de Boissancourt, il possédait une quinzaine de fermes comportant en tout dans les deux mille hectares, plus un bon millier d'hectares de bois et deux étangs. Si vous êtes familier avec la province, vous voyez ça.

— Je suis né à la campagne.

Non seulement Maigret était né à la campagne, mais son père n'était-il pas régisseur d'une propriété du même genre ?

— Maintenant, il est utile que vous sachiez ce qu'était ce Boissancourt. Pour cela, je dois remonter à son grand-père, que mon père, qui était notaire à Saint-André, a encore connu. Il ne s'appelait pas Boissancourt mais Dupré, Christophe Dupré. Fils d'un métayer du château, il s'est d'abord établi marchand de bestiaux et il était assez dur et assez retors pour faire une fortune rapide. Je suppose que vous connaissez ce genre d'homme-là aussi.

Maigret avait un peu l'impression, en l'écoutant, de revivre son enfance, car, dans leur campagne, il y avait une sorte de Christophe Dupré, qui était devenu un des hommes les plus riches du pays et dont le fils était maintenant sénateur.

— A une certaine époque, Dupré s'est mis à acheter et à vendre des blés et ses spéculations lui ont réussi. Avec ses gains, il a acheté de la terre, une ferme d'abord, puis deux, puis trois, de sorte que, quand il est mort, le château de Boissancourt, qui appartenait autrefois à une veuve sans enfants, était passé entre ses mains avec ses dépendances. Christophe avait un fils et une fille. Il a marié la fille à un officier de cavalerie et son fils, Alain, à la mort du père, a commencé à se faire appeler Dupré de Boissancourt. Petit à petit, il a laissé tomber le Dupré et enfin, quand il a été élu au Conseil Général, il a obtenu un décret légalisant son nouveau nom.

Cela aussi rappelait bien des souvenirs à Maigret.

— Voilà pour les anciennes générations. Honoré de Boissancourt, le petit-fils de Christophe Dupré qu'on pourrait appeler le fondateur de la dynastie, est mort il y a un mois.

» Il avait épousé jadis une demoiselle Emilie d'Espissac, d'une vieille famille ruinée des environs, qui, après lui avoir donné une fille, est morte d'un accident de cheval alors que l'enfant était en bas âge. J'ai bien connu la mère, une femme charmante qui portait sa laideur avec mélancolie et qui s'était laissé sacrifier par ses parents sans protestations. On a prétendu que Boissancourt a donné un million à ceux-ci, en quelque sorte pour l'acheter. En qualité de notaire de la famille, je puis dire que le chiffre est exagéré, mais il n'en est pas moins vrai que la vieille comtesse d'Espissac a reçu une somme importante le jour de la signature du contrat.

— Quel genre d'homme était le dernier Boissancourt ?

— J'y viens. J'étais son notaire. Pendant des années, j'ai dîné au château une fois la semaine et j'ai toujours chassé sur ses terres. Je le connaissais donc bien. Tout d'abord, il avait un pied bot, ce qui explique peut-être en partie son caractère triste et ombrageux. Le fait aussi que l'histoire de sa famille fût connue de chacun, que la plupart des châteaux de la région lui fussent fermés n'a sans doute pas aidé à le rendre sociable.

» Toute sa vie, il a eu l'impression que les gens le méprisaient et qu'ils s'entendaient à le voler, de sorte qu'il passait son temps à se défendre avant d'être attaqué.

» Il s'était réservé, dans le château, une tourelle, transformée en une sorte de cabinet de travail où, pendant des journées entières, il revoyait les comptes, non seulement des métayers et des gardes, mais des moindres fournisseurs, corrigeant à l'encre rouge les chiffres du boucher et de l'épicier. Il descendait souvent à la cuisine, à l'heure du repas des domestiques, pour s'assurer qu'on ne leur servait pas des mets coûteux.

» Je suppose, il n'y a pas de mal à ce que je trahisse entre nous ce qui constitue un secret professionnel, encore que n'importe qui à Saint-André pourrait vous raconter la même chose.

— Mme Calas est sa fille ?

— Vous l'avez deviné.

— Et Omer Calas ?

— Il a travaillé au château pendant quatre ans en qualité de valet de chambre. C'est le fils d'un journalier ivrogne qui ne valait pas lourd.

» Nous voilà maintenant à vingt-cinq ans en arrière.

Il fit signe au garçon qui passait, dit à Maigret :

— Cette fois, vous prenez une fine avec moi ? Deux fines, garçon ! Tout cela évidemment, continuait-il l'instant d'après en se tournant vers le commissaire, vous ne pouviez le soupçonner en visitant le bistrot du quai de Valmy.

Ce n'était pas entièrement exact et Maigret n'était pas le moins du monde surpris de ce qu'il apprenait.

— Il m'est arrivé de discuter d'Aline avec le vieux docteur Pétrelle, malheureusement mort, que Camuzet a remplacé. Camuzet ne l'a pas connue et ne pourra rien vous en dire. Quant à moi, je suis incapable de vous décrire son cas en termes techniques.

» Tout enfant, déjà, elle était différente des autres petites filles et il y avait, chez elle, quelque chose qui gênait. Elle n'a jamais joué avec d'autres, n'a jamais non plus été à l'école, car son père tenait à ce qu'elle ait une institutrice privée. Elle n'en a pas eu une, mais une douzaine au moins, car l'enfant s'arrangeait pour leur faire la vie impossible.

» Rendait-elle son père responsable du fait qu'elle menait une existence différente des autres ? Ou bien, comme Pétrelle le prétendait, était-ce beaucoup plus compliqué ? Je l'ignore. Les filles, le plus souvent, paraît-il, adorent leur père, parfois avec exagération. Je n'en ai pas l'expérience, car ma femme et moi n'avons pas d'enfant. Est-ce que ce genre d'adoration-là peut se transformer en haine ?

» Toujours est-il qu'elle paraissait s'ingénier à mettre Boissancourt au désespoir et qu'à douze ans on l'a surprise tentant d'incendier le château.

» Le feu a été sa manie pendant tout un temps et on était obligé de la surveiller de près.

» Ensuite, il y a eu Omer, qui avait cinq ou six ans de plus qu'elle et qui était alors ce que les paysans appellent un beau gars, dur et dru, les yeux pleins d'insolence dès que le patron avait le dos tourné.

— Vous avez vu ce qui se passait entre eux ? questionna Maigret qui regardait vaguement la

brasserie presque vide où les garçons attendaient le départ des derniers clients.

— Pas alors. C'est avec Pétrelle, toujours,
que, plus tard, nous en avons parlé. D'après
Pétrelle, elle a dû commencer à s'intéresser à
Omer alors qu'elle n'avait pas plus de treize ou
quatorze ans. Cela arrive à d'autres filles de cet
âge, mais garde d'ordinaire un caractère vague
et plus ou moins platonique.

» En a-t-il été différemment avec elle ? Calas,
que les scrupules n'étouffaient pas, s'est-il montré plus cynique que les hommes le sont d'habitude en pareil cas ?

» Toujours est-il que Pétrelle était persuadé
que, pendant longtemps, des relations équi-
voques ont existé entre eux. Il les mettait en
grande partie sur le besoin qu'avait Aline de
défier son père et de le décevoir.

» C'est possible. Ce n'est pas mon domaine.
Si j'entre dans ces détails, c'est pour rendre le
reste plus compréhensible.

» Un jour, alors qu'elle n'avait pas dix-sept
ans, elle est allée trouver le médecin en cachette
pour se faire examiner et il lui a confirmé qu'elle
était enceinte.

— Comment a-t-elle pris la chose ? demanda
Maigret.

— Pétrelle m'a raconté qu'elle l'avait regardé
fixement, durement, articulant entre ses dents :

» — *Tant mieux !*

» Sachez qu'entre-temps Calas avait épousé
la fille du boucher, parce qu'elle était enceinte
aussi, et qu'elle lui avait donné un enfant,
quelques semaines plus tôt.

» Il continuait à travailler comme valet de

chambre au château, car il n'avait pas d'autre métier, et sa femme vivait chez ses parents.

» Un dimanche, le village a appris qu'Aline de Boissancourt et Omer Calas avaient disparu.

» Par les domestiques, on a su qu'une scène dramatique avait éclaté, le soir précédent, entre la jeune fille et son père. Pendant plus de deux heures, on les avait entendus discuter avec véhémence dans le petit salon.

» Boissancourt n'a jamais rien tenté, à ma connaissance, pour retrouver sa fille. Autant que je sache, elle ne lui a jamais écrit non plus.

» Quant à la première femme de Calas, elle a fait de la neurasthénie et a traîné pendant trois ans jusqu'à ce qu'on la retrouve pendue à un arbre du verger.

Les garçons avaient empilé les chaises sur la plupart des tables et l'un d'eux les regardait en tenant une grosse montre d'argent à la main.

— Je crois que nous ferions mieux de les laisser fermer, suggéra Maigret.

Canonge tint à payer les consommations et ils sortirent. La nuit était fraîche, le ciel étoilé, et ils marchèrent un moment en silence. Ce fut le notaire qui suggéra :

— Nous trouverons peut-être un autre endroit ouvert pour prendre un dernier verre ?

Ils parcoururent ainsi, chacun réfléchissant de son côté, une bonne partie du boulevard Raspail, dénichèrent à Montparnasse une petite boîte à l'éclairage bleuâtre d'où sourdait de la musique.

— On entre ?

Au lieu de se laisser conduire à une table, ils s'assirent au bar, où deux filles s'acharnaient sur un gros homme plus qu'à moitié ivre.

— La même chose ? questionna Canonge en prenant un nouveau cigare dans sa poche.

Quelques couples dansaient. Deux filles quittèrent l'autre bout de la salle pour venir s'asseoir à côté d'eux, mais le commissaire leur adressa un signe et elles n'insistèrent pas.

— Il y a encore des Calas à Boissancourt et à Saint-André, disait le notaire.

— Je sais. Un marchand de bestiaux et un épicier.

Canonge eut un petit rire.

— Ce serait drôle que le marchand de bestiaux devienne assez riche à son tour pour racheter le château et les terres ! L'un des Calas est le frère d'Omer, l'autre son cousin. Il a aussi une sœur qui a épousé un gendarme de Gien. Lorsque Boissancourt a été terrassé par une hémorragie cérébrale, voilà un mois, alors qu'il se mettait à table, je suis allé les voir tous les trois afin de savoir s'ils avaient jamais eu des nouvelles d'Omer.

— Un instant, l'interrompit Maigret. Boissancourt n'a pas déshérité sa fille ?

— Tout le monde, dans le pays, était persuadé qu'il l'avait fait. On se demandait qui allait hériter de la propriété car, dans un village comme celui-là, chacun dépend plus ou moins du château.

— Je suppose que vous saviez ?

— Non. Pendant les dernières années, Boissancourt a rédigé plusieurs testaments, différents les uns des autres, mais ne me les a jamais remis en garde. Il a dû les déchirer tour à tour car on n'en a retrouvé aucun.

— De sorte que sa fille hérite de ses biens ?

— Automatiquement.

— Vous avez fait insérer une annonce dans les journaux ?

— Comme d'habitude dans ces cas-là, oui. Je ne pouvais pas y mettre le nom de Calas, étant donné que j'ignorais s'ils étaient mariés. Peu de gens lisent ces sortes d'annonces. Je n'en attendais guère de résultats.

Il avait vidé son verre de fine et regardait le barman d'une certaine façon. Si son train comportait un wagon-restaurant, il avait déjà dû boire un ou deux verres, avant d'arriver à Paris, car son teint était animé, ses yeux luisants.

— La même chose, commissaire ?

Peut-être Maigret, lui aussi, avait-il bu plus qu'il ne le croyait ? Il ne dit pas non. Il se sentait bien, physiquement et intellectuellement. Il avait même l'impression qu'il était doué d'un sixième sens qui lui permettait d'entrer dans la peau des personnages évoqués.

Est-ce que, sans l'aide du notaire, il n'aurait pas été capable de reconstituer cette histoire ? Il n'était pas si loin de la vérité, il y a quelques heures, et, la preuve, c'est que l'idée lui était venue de téléphoner à Saint-André.

S'il n'avait pas tout deviné, l'idée qu'il s'était faite de Mme Calas n'en correspondait pas moins à celle qu'il pouvait en avoir maintenant qu'il savait.

— Elle s'est mise à boire, murmura-t-il, avec la soudaine envie de parler à son tour.

— Je sais. Je l'ai vue.

— Quand ? La semaine dernière ?

Sur ce point-là aussi, il avait pressenti la vérité. Mais Canonge ne lui laissait pas la parole et, à Saint-André, il ne devait pas être habitué à ce qu'on l'interrompe.

174

— Laissez-moi procéder par ordre, commissaire. N'oubliez pas que je suis notaire et que les notaires sont des gens méticuleux.

Cela le fit rire et la fille assise à deux tabourets de lui en profita pour lui demander :

— Je peux commander un verre aussi ?

— Si vous voulez, mon petit, à condition que vous n'interveniez pas dans notre conversation. C'est plus important que vous ne pouvez imaginer.

Satisfait, il se tourna vers Maigret.

— Pendant trois semaines, donc, mon annonce n'a donné aucun résultat, sinon quelques lettres de folles. Ce n'est pas l'annonce, en fin de compte, qui m'a fait découvrir Aline, mais le plus grand des hasards. Voilà une semaine, on m'a retourné de Paris, par service rapide, un fusil de chasse que j'avais envoyé à réparer. J'étais chez moi quand on me l'a livré et il se fait que j'ai ouvert moi-même la porte au chauffeur du camion.

— Un camion des Transports Zénith ?

— Vous savez cela ? C'est exact. J'ai offert un verre de vin au livreur, comme c'est l'habitude à la campagne. L'épicerie Calas se trouve juste en face de chez moi, sur la place de l'église. En buvant son verre, l'homme, qui regardait par la fenêtre, a murmuré :

» — Je me demande si c'est de la même famille que le bistrot du quai de Valmy.

» — Il existe un Calas quai de Valmy ?

» — Un drôle de petit bistrot, où je n'avais jamais mis les pieds avant la semaine dernière. C'est un des pointeurs qui m'y a emmené.

Maigret aurait parié que le pointeur n'était autre que Dieudonné Pape.

— Vous ne lui avez pas demandé si le pointeur était roux ?

— Non. Je lui ai demandé quel était le prénom du Calas en question. Il s'est mis à chercher dans sa tête, se souvenant vaguement d'avoir lu le nom sur la devanture. J'ai suggéré Omer et il m'a affirmé que c'était ça.

» A tout hasard, le lendemain, j'ai pris le train pour Paris.

— Le train du soir ?

— Non. Celui du matin.

— A quelle heure êtes-vous arrivé quai de Valmy ?

— Un peu après trois heures de l'après-midi. J'ai trouvé, dans le bistrot, assez sombre, une femme que je n'ai pas reconnue tout de suite. Je lui ai demandé si elle était Mme Calas et elle m'a répondu que oui. Puis je lui ai demandé son prénom. Elle m'a donné l'impression d'être à moitié ivre. Elle boit, n'est-ce pas ?

Il buvait, lui aussi, pas de la même manière, assez, cependant, pour avoir maintenant les yeux noyés d'eau.

Maigret n'était pas sûr qu'on ne leur ait pas rempli leur verre une fois de plus et la femme, qui avait changé de tabouret, était penchée sur le notaire dont elle tenait le bras. Si elle suivait son récit, il n'en paraissait rien sur son visage dénué d'expression.

— Vous êtes bien née Aline de Boissancourt ? lui ai-je dit.

» Et elle m'a regardé sans protester. Je me souviens qu'elle était assise près du poêle avec un gros chat roux dans son giron.

» J'ai continué :

» — Avez-vous appris la mort de votre père ?

» — Elle a fait non, sans montrer de surprise ou d'émotion.

» — J'étais son notaire et suis maintenant chargé de sa succession. Votre père, madame Calas, n'a pas laissé de testament, de sorte que le château, les terres et toute sa fortune vous reviennent.

» Elle a questionné :

» — Comment avez-vous eu mon adresse ?

» — Par un chauffeur de camion qui est venu ici par hasard.

» — Personne d'autre ne la connaît ?

» — Je ne le pense pas.

» Elle s'est levée et s'est dirigée vers la cuisine.

Pour aller boire à la bouteille de cognac, évidemment !

— Quand elle est revenue, elle avait l'air de quelqu'un qui a pris une décision.

» — Je ne veux pas de cet argent, a-t-elle déclaré d'une voix indifférente. Je suppose que j'ai le droit de renoncer à l'héritage ?

» — On a toujours le droit de refuser un héritage. Cependant...

» — Cependant quoi ?

» — Je vous conseille de réfléchir et de ne pas vous décider à la légère.

» — J'ai réfléchi. Je refuse. Je suppose que j'ai aussi le droit d'exiger que vous ne révéliez pas où je suis ?

» Tout en parlant, il lui arrivait de jeter un regard inquiet dehors, comme si elle craignait de voir surgir quelqu'un, peut-être son mari. C'est du moins ce que j'ai supposé.

» J'ai insisté, comme c'était mon devoir. Je n'ai pas trouvé d'autres héritiers Boissancourt.

» — Je ferais sans doute mieux de revenir, ai-je proposé.

» — Non. Ne revenez pas. Il ne faut à aucun prix qu'Omer vous voie ici.

» Effrayée, elle a ajouté :

» — Ce serait la fin de tout !

» — Vous ne pensez pas que vous devriez consulter votre mari ?

» — Surtout pas lui !

» J'ai encore parlementé puis, au moment de partir, je lui ai laissé ma carte en lui recommandant de me téléphoner ou de m'écrire si elle changeait d'avis pendant les prochaines semaines. Un client est entré, qui avait l'air d'un familier de la maison.

— Un roux au visage grêlé ?

— Je crois que oui.

— Que s'est-il passé ?

— Rien. Elle a glissé ma carte dans la poche de son tablier et m'a reconduit à la porte.

— Quel jour était-ce ?

— Jeudi dernier.

— Vous ne l'avez pas revue ?

— Non. Mais j'ai vu son mari.

— A Paris ?

— Dans mon étude, à Saint-André.

— Quand ?

— Samedi matin. Il est arrivé à Saint-André vendredi après-midi ou vendredi soir et s'est présenté une première fois chez moi le vendredi vers huit heures. J'étais à jouer au bridge chez le docteur et la bonne lui a dit de revenir le lendemain.

— Vous l'avez reconnu ?

— Oui, encore qu'il se soit épaissi. Il a dû coucher à l'auberge du pays où, bien entendu, il a appris la mort de Boissancourt. On a dû lui dire aussi que sa femme était l'héritière de la fortune. Il n'a pas tardé à se montrer insolent, prétendant qu'en qualité de mari il avait le droit d'accepter l'héritage au nom de sa femme. Ils sont mariés sans contrat, c'est-à-dire sous le régime de la communauté des biens.

— De sorte qu'ils ne pouvaient rien l'un sans l'autre ?

— C'est ce que je lui ai expliqué.

— Vous avez eu l'impression qu'il avait eu une conversation avec sa femme à ce sujet ?

— Non. Au début, il ignorait même qu'elle avait refusé l'héritage. Il semblait croire qu'elle l'avait touché à son insu. Je ne vous raconte pas l'entretien en détail, car ce serait trop long. A mon avis, il a trouvé ma carte que sa femme a dû laisser traîner, oubliant sans doute que je la lui avais remise. Que pouvait venir faire quai de Valmy un notaire de Saint-André, sinon s'occuper de la succession de Boissancourt ?

» Ce n'est que petit à petit, chez moi, qu'il a découvert la vérité. Il est parti furieux, m'annonçant que j'aurais de ses nouvelles et claquant la porte.

— Vous ne l'avez pas revu ?

— Je n'ai plus eu de ses nouvelles. Cela se passait samedi matin et il a pris l'autobus de Montargis, où il s'est embarqué pour Paris.

— Par quel train, à votre avis ?

— Probablement celui qui arrive à trois heures et quelques minutes à la gare d'Austerlitz.

Cela signifiait qu'il était rentré chez lui aux alentours de quatre heures, un peu plus tôt s'il avait pris un taxi.

— Quand j'ai lu, continuait le notaire, qu'on avait découvert dans le Canal Saint-Martin, justement quai de Valmy, les restes d'un homme coupé en morceaux, j'avoue que j'ai tressailli et que la coïncidence m'a frappé. Comme je vous l'ai dit tout à l'heure, j'ai failli vous téléphoner, puis je me suis dit que vous ririez peut-être de moi.

» Ce n'est qu'en entendant le nom de Calas à la radio, cet après-midi, que j'ai décidé de venir vous voir.

— Je peux ? demandait la fille, à côté de lui, désignant son verre vide.

— Mais oui, mon petit. Qu'est-ce que vous pensez de ça, commissaire ?

Ce mot-là suffit pour que la fille lui lâchât le bras.

— Je ne suis pas surpris, murmura Maigret, qui commençait à avoir la tête lourde.

— Avouez que vous n'avez pas soupçonné une histoire pareille ! Il n'y a que dans les campagnes qu'on rencontre de tels phénomènes et, moi-même, j'avoue...

Maigret ne l'écoutait plus. Il pensait à Aline Calas, qui était devenue enfin, dans son esprit, un personnage complet. Il pouvait même l'imaginer petite fille.

Or, ce personnage-là ne le surprenait pas. Il aurait été en peine de l'expliquer avec des mots, surtout à un homme comme le juge Coméliau, et il s'attendait, le lendemain, à l'incrédulité de celui-ci.

Coméliau allait rétorquer :

— Elle ne l'en a pas moins tué, avec la complicité de son amant.

Omer Calas était mort et il ne s'était évidemment pas suicidé. Quelqu'un lui avait donc porté le coup fatal, avait ensuite coupé son corps en morceaux.

Maigret croyait entendre la voix pointue de Coméliau :

— Ce n'est pas du sang-froid, ça ? Vous n'allez quand même pas prétendre qu'il s'agit d'un crime passionnel ? Non, Maigret. Il m'arrive de vous suivre, mais cette fois...

Canonge lui tendit un verre plein.

— A votre santé !

— A la vôtre.

— A quoi étiez-vous en train de penser ?

— A Aline Calas.

— Vous croyez qu'elle a suivi Omer rien que pour faire enrager son père ?

Même avec le notaire, et même après quelques verres de fine, c'était impossible d'exprimer ce qu'il croyait comprendre. Il fallait d'abord admettre que tout ce que faisait la gamine, jadis, au château de Boissancourt, était déjà une protestation.

Le docteur Pétrelle aurait sans doute exposé le cas mieux que lui. Ses tentatives d'incendie, d'abord. Puis ses relations sexuelles avec Calas. Enfin son départ avec celui-ci, alors que d'autres, dans son cas, auraient provoqué un avortement.

Peut-être était-ce aussi une forme de défi ? Ou de dégoût ?

Maigret avait déjà tenté de faire admettre par d'autres, y compris par des hommes d'expérience, que ceux qui dégringolent, en particulier ceux qui mettent un acharnement morbide à descendre toujours plus bas et qui se salissent à plaisir, sont presque toujours des idéalistes.

181

C'était inutile. Coméliau lui répondrait :

— Dites plutôt qu'elle a toute sa vie été vicieuse.

Quai de Valmy, elle s'était mise à boire. Cela s'accordait avec le reste. Et encore qu'elle soit restée, sans jamais être tentée de s'échapper, qu'elle se soit raccrochée à l'atmosphère du bistrot.

Il croyait comprendre Omer aussi, qui avait réalisé le rêve de tant de gars de la campagne : gagner assez d'argent comme valet de chambre ou comme chauffeur pour devenir propriétaire d'un bistrot à Paris.

Omer y menait une vie paresseuse, se traînant du comptoir à la cave, allant une fois ou deux par an acheter du vin dans le Poitou et passant ses après-midi dans une brasserie de la gare de l'Est à jouer à la belote ou au billard.

On n'avait pas eu le temps d'enquêter sur sa vie privée. Maigret se promettait de le faire les jours suivants, ne fût-ce que pour sa satisfaction personnelle. Il était persuadé qu'outre sa passion pour le billard, Omer avait des aventures brèves et cyniques avec des petites bonnes et des ouvrières du quartier.

Escomptait-il l'héritage Boissancourt ? C'était improbable, car il devait penser comme tout le monde que le châtelain avait déshérité sa fille.

Il avait fallu la carte de visite du notaire pour lui donner de l'espoir.

— Ce que je ne parviens pas à comprendre, disait Canonge, ce qui me dépasse, mon vieux Maigret — et j'ai vu dans ma vie des héritiers de toutes sortes — c'est qu'elle ait refusé une fortune qui lui tombait du ciel.

Pour le commissaire, au contraire, c'était normal. Que lui aurait apporté l'argent, au point où elle en était ? Serait-elle allée s'installer avec Omer au château de Boissancourt ? Se seraient-ils mis à mener tous les deux, à Paris ou ailleurs, sur la Côte d'Azur, par exemple, une vie calquée sur celle des grands bourgeois ?

Elle avait préféré rester dans son coin, dans le coin qu'elle s'était fait, un peu comme un animal dans son terrier.

Elle y traînait des jours qui se ressemblaient, avec des lampées de cognac derrière la porte de la cuisine et, l'après-midi, la visite de Dieudonné Pape.

Lui aussi était devenu une habitude. Plus que ça, peut-être, car il savait et elle n'avait pas honte devant lui, ils pouvaient rester côte à côte en silence devant le poêle.

— Vous croyez qu'elle l'a tué ?

— Je ne pense pas.

— Son amant ?

— C'est probable.

Les musiciens rangeaient leurs instruments et, ici aussi, on allait fermer. Ils se retrouvèrent sur le trottoir et reprirent le chemin de Saint-Germain-des-Prés.

— Vous habitez loin ?

— Boulevard Richard-Lenoir.

— Je vous fais un pas de conduite. Pourquoi son amant a-t-il tué Omer ? Espérait-il la décider à accepter l'héritage ?

Tous les deux avaient la démarche flottante mais ils se sentaient bien à arpenter les rues de Paris où ils n'étaient dérangés de loin en loin que par le passage d'un taxi.

— Je ne le pense pas.

Le lendemain, il faudrait qu'il parle à Coméliau sur un autre ton, car il se rendait compte que sa voix avait quelque chose de sentimental.

— Pourquoi l'a-t-il tué ?

— Que croyez-vous qu'ait été le premier soin d'Omer en rentrant de Saint-André ?

— Je ne sais pas. Je suppose qu'il était furieux et qu'il a ordonné à sa femme d'accepter l'argent.

Une image revenait à la mémoire de Maigret : une bouteille d'encre et un buvard contenant quelques feuilles de papier blanc, sur la table de la chambre à coucher.

— Cela s'accorde avec son caractère, n'est-ce pas ?

— Parfaitement.

— Supposez qu'Omer ait voulu la forcer à signer un papier dans ce sens et qu'elle se soit obstinée.

— C'était l'homme à lui flanquer une raclée. Je connais les paysans de chez nous.

— Il lui arrivait périodiquement de la battre.

— Je commence à voir où vous voulez en venir.

— En rentrant, il ne se donne pas la peine de se changer. C'est le samedi après-midi, vers quatre heures. Il fait monter Aline dans la chambre, ordonne, menace, la frappe.

— Et son amant arrive ?

— C'est l'explication la plus plausible. Dieudonné Pape connaît la maison. Entendant le vacarme au premier étage, il traverse la cuisine et monte à la rescousse d'Aline.

— Et il tue le mari ! conclut comiquement le notaire.

— Il le tue, volontairement ou par accident,

en lui donnant un coup de je ne sais quel instrument sur la tête.

— Après quoi il le découpe en morceaux.

Cela faisait rire Canonge, qui était d'une humeur enjouée.

— Crevant ! lança-t-il. Ce qui me paraît crevant, c'est l'idée de découper Omer en morceaux. Voyez-vous, si vous aviez connu Omer...

Au lieu de le dégriser, le grand air accentuait les effets de l'alcool.

— Vous me raccompagnez un bout de chemin ?

Ils firent demi-tour, tous les deux, puis une fois encore.

— C'est un curieux homme, soupira Maigret.

— Qui ? Omer ?

— Non, Pape.

— Il s'appelle Pape par surcroît ?

— Non seulement Pape, mais Dieudonné Pape.

— Crevant !

— C'est l'homme le plus paisible que j'aie rencontré.

— C'est pour ça qu'il a découpé Omer en morceaux ?

C'était vrai qu'il fallait un homme comme lui, solitaire, patient, méticuleux, pour effacer avec tant de succès les traces du meurtre. Même Moers et ses hommes, malgré leurs appareils, n'avaient rien trouvé dans la maison du quai de Valmy, qui fournît la preuve qu'un crime y avait été commis.

Aline Calas avait-elle aidé à tout nettoyer à fond, à faire disparaître le linge et les objets qui auraient pu porter des taches révélatrices ?

Pape n'avait commis qu'une faute, difficile

185

d'ailleurs à éviter : il n'avait pas prévu que Maigret s'étonnerait de l'absence de linge sale dans la maison et aurait l'idée de s'adresser à la blanchisserie.

Qu'est-ce que le couple espérait ? Que des semaines, des mois se passeraient avant qu'on retrouve, dans le canal, une partie des restes de Calas, et qu'alors ces restes soient impossibles à identifier ? C'est ce qui serait arrivé si la péniche des frères Naud n'avait pas transporté quelques tonnes de pierre de taille de trop et si elle n'avait pas raclé la vase du canal.

La tête avait-elle été jetée dans la Seine ou dans un égout ? Maigret le saurait peut-être dans quelques jours. Il était persuadé qu'il saurait tout et cela ne provoquait plus chez lui qu'une curiosité technique. Ce qui importait, c'était le drame qui s'était joué entre les trois personnages et au sujet duquel il avait la conviction de ne pas se tromper.

Il aurait juré que, les traces du crime effacées, Aline et Pape avaient caressé l'espoir d'une nouvelle vie, pas très différente de la précédente.

Pendant un certain temps, Pape aurait continué, comme par le passé, à venir l'après-midi passer une heure ou deux dans le petit café et, peu à peu, ses visites se seraient prolongées jusqu'à ce que, le mari oublié par les clients et les voisins, il s'installe tout à fait dans la maison.

Aline aurait-elle continué à se laisser faire par Antoine Cristin et par d'autres ?

C'était possible. Maigret n'osait pas s'aventurer dans ces profondeurs-là.

— Cette fois-ci, je vous dis bonsoir !

— Je peux vous téléphoner demain à l'hôtel ?

J'aurai besoin de vous pour un certain nombre de formalités.

— Vous n'aurez pas besoin de téléphoner. Je serai à votre bureau à neuf heures.

Bien entendu, à neuf heures, le notaire n'y était pas et Maigret avait oublié qu'il avait promis d'y être. Le commissaire ne se sentait pas trop gaillard et c'est avec un sentiment de culpabilité qu'il avait ouvert les yeux quand sa femme, après avoir déposé son café sur la table de nuit, lui avait touché l'épaule.

Elle avait un sourire particulier, plus maternel que d'habitude et un peu attendri.

— Comment te sens-tu ?

Il ne se souvenait pas avoir eu un tel mal de tête en s'éveillant, ce qui signifiait qu'il avait beaucoup bu. Cela lui était rarement arrivé de rentrer ivre et, ce qui le vexait le plus, c'est qu'il n'avait pas eu conscience de boire. C'était venu petit à petit, verre de fine après verre de fine.

— Te souviens-tu de tout ce que tu m'as dit cette nuit au sujet d'Aline Calas ?

Il préférait ne pas s'en souvenir car il avait l'impression qu'il était devenu de plus en plus sentimental.

— Tu avais l'air d'en être amoureux. Si j'étais jalouse...

Il rougit et elle s'empressa de le rassurer.

— Je plaisante. Tu vas aller raconter tout ça à Coméliau ?

Il lui avait donc parlé de Coméliau aussi ? C'était, en effet, ce qui lui restait à faire. Seulement, il n'en parlerait pas dans les mêmes termes !

— Rien de nouveau, Lapointe ?

— Rien, patron.

— Veux-tu mettre une annonce dans les journaux de cet après-midi demandant au jeune homme que quelqu'un a chargé, dimanche, de déposer une valise à la gare de l'Est de se faire connaître de la police ?

— Ce n'est pas Antoine ?

— J'en suis persuadé. Pape n'aurait pas donné cette commission à un familier de la maison.

— L'employé affirme que...

— Il a vu un jeune homme d'à peu près l'âge d'Antoine, vêtu d'un blouson de cuir. Il y en a des quantités, dans le quartier, qui répondent à cette description-là.

— Vous avez des preuves contre Pape ?

— Il avouera.

— Vous allez les interroger ?

— Je pense que Coméliau, au point où en est l'enquête, tiendra à s'en charger lui-même.

Cela devenait facile. Il ne s'agissait plus de poser des questions au petit bonheur, d'aller à la pêche, comme on disait dans la maison. Maigret se demandait d'ailleurs s'il tenait tant que ça à pousser Aline Calas et Dieudonné Pape dans leurs derniers retranchements. L'un et l'autre se débattraient jusqu'au bout, jusqu'à ce qu'il ne leur soit plus possible de se taire.

Il passa près d'une heure là-haut, chez le juge, d'où il téléphona au notaire Canonge. Celui-ci dut être réveillé en sursaut par la sonnerie.

— Qui est-ce ? lança-t-il d'une façon si drôle que Maigret sourit.

— Le commissaire Maigret.

— Quelle heure est-il ?

— Dix heures et demie. Le juge Coméliau, qui est en charge de l'instruction, désirerait vous voir le plus tôt possible dans son cabinet.

— Dites-lui que je viens tout de suite. Dois-je apporter les papiers Boissancourt ?

— Si vous voulez.

— Je ne vous ai pas fait coucher trop tard ?

Le notaire avait dû se coucher plus tard encore. Dieu sait où il avait rôdé quand Maigret l'avait quitté, car le commissaire entendit dans l'appareil une voix de femme qui disait paresseusement :

— Quelle heure est-il ?

Maigret redescendit à son bureau. Lapointe questionna :

— Il va les interroger ?

— Oui.

— En commençant par la femme ?

— Je lui ai conseillé de commencer par Pape.

— Il se mettra à table plus facilement ?

— Oui. Surtout si, comme je le suppose, c'est lui qui a donné le coup de mort à Calas.

— Vous sortez ?

— Un renseignement à demander à l'Hôtel-Dieu.

Ce n'était qu'un point de détail. Il dut attendre la fin d'une opération en cours pour voir Lucette Calas.

— Vous êtes maintenant au courant, par les journaux, de la mort de votre père et de l'arrestation de votre mère ?

— Quelque chose de ce genre-là devait arriver.

— Quand vous êtes allée la voir, la dernière fois, c'était pour lui demander de l'argent ?

— Non.

— Pourquoi ?

— Pour lui annoncer que j'épouserai le professeur Lavaud dès qu'il aura obtenu son divorce. Il peut avoir la curiosité de voir mes parents et j'aurais aimé qu'elle soit présentable.

— Vous ne saviez pas que Boissancourt était mort ?

— Qui est-ce ?

Son étonnement était sincère.

— Votre grand-père.

Il ajouta d'un ton neutre, comme s'il lui annonçait une nouvelle sans importance :

— A moins d'être convaincue d'assassinat, votre mère hérite d'un château, de dix-huit fermes et de je ne sais combien de millions.

— Vous êtes sûr ?

— Vous pourrez voir le notaire Canonge, qui est descendu à l'*Hôtel d'Orsay* et qui est chargé de la succession.

— Il y sera toute la journée ?

— Je suppose.

Elle ne lui demanda pas ce qui adviendrait de sa mère et il la quitta en haussant les épaules.

Maigret ne déjeuna pas ce jour-là, car il n'avait pas faim, mais deux verres de bière lui remirent plus ou moins l'estomac en état. Il resta enfermé tout l'après-midi dans son bureau. Il avait posé devant lui les clefs du bistrot du quai de Valmy et du logement de Pape et il parut prendre un malin plaisir à abattre de la besogne administrative dont il avait horreur à l'ordinaire.

Quand le téléphone sonnait, il le saisissait avec plus de vivacité que d'habitude mais ce ne fut qu'à cinq heures et quelques minutes qu'il reconnut la voix de Coméliau à l'autre bout du fil.

— Maigret ?

— Oui.

Le juge avait peine à contenir un frémissement de triomphe.

— J'ai eu raison de les faire arrêter.

— Tous les trois ?

— Non. Je viens de remettre le jeune Antoine en liberté.

— Les autres ont avoué ?

— Oui.

— Tout ?

— Tout ce que *nous* supposions. J'ai eu la bonne idée de commencer par l'homme et, quand j'ai terminé le récit circonstancié de ce qui avait dû se passer, il n'a pas protesté.

— La femme ?

— Pape a répété ses aveux en sa présence, de sorte qu'il lui a été impossible de nier.

— Elle n'a rien ajouté ?

— Elle m'a seulement demandé, en sortant de mon cabinet, si vous vous étiez occupé de son chat ?

— Qu'avez-vous répondu ?

— Que vous aviez autre chose à faire.

De ça, Maigret devait en vouloir toute sa vie au juge Coméliau.

FIN

Lakeville (Connecticut), 25 janvier 1955.

Composition réalisée par JOUVE

Achevé d'imprimer en septembre 2014, en France par
CPI Bussière à Saint-Amand-Montrond (Cher)
N° d'imprimeur : 2011534.
Dépôt légal 1re publication : décembre 2002.
Édition 08 – septembre 2014
LIBRAIRIE GÉNÉRALE FRANÇAISE – 31, rue de Fleurus – 75278 Paris Cedex 06

31/4238/7